Judith Housez

CHATEAUBRIAND
À SAINT-TROPEZ

ÉQUATEURS

ISBN : 978-2-3828-4319-2.

Dépôt légal : mai 2022.

© Éditions des Équateurs / Humensis, 2022.
170 *bis*, boulevard du Montparnasse, 75014 Paris.

editions-des-equateurs@orange.fr
www.editionsdesequateurs.fr

Pour Charles et Alain.

Aux pins parasols.

« Si je cueille à la dérobée un instant de bonheur, il est troublé par la mémoire de ces jours de séduction, d'enchantement et de délire. »

FRANÇOIS-RENÉ DE CHATEAUBRIAND,
Mémoires d'outre-tombe, Livre sur Venise.

« Je ne sais pas où s'arrête l'artificiel et où commence le réel. »

ANDY WARHOL.

« Elle dit aussi que s'il n'y avait ni la mer ni l'amour personne n'écrirait des livres. »

MARGUERITE DURAS,
Yann Andréa Steiner.

I

Le diable est dans le détail

> « Indépendamment de ce qui arrive, n'arrive pas, c'est l'attente qui est magnifique. »
> ANDRÉ BRETON, *L'Amour fou*.

Séverine Baluze portait des lunettes et n'avait pas rêvé : elle lisait bien, sur l'écran de son ordinateur : *Chateaubriand à Saint-Tropez*. Incroyable. Quand François-René avait-il pu faire un séjour, même bref, là-bas ? Comment cela avait-il pu lui échapper ?

Une panique monta en elle, prête à la faire chavirer. Sur son bureau, la pile de dissertations à corriger devint irréelle, une dune de papier, une forêt de mots. Ses doigts ne touchaient plus rien, elle sentait du bois et du vide, ne reconnaissait plus le dossier de sa chaise. Avoir manqué un épisode de la vie de Chateaubriand était une idée insoutenable pour elle qui lui consacrait la sienne. Elle aurait pu en écrire l'éphéméride. Elle pouvait dire que le 28 décembre 1806, naufragé, il avait jeté une bouteille à la mer devant l'île de Lampedusa ; qu'en avril 1801, Mme Récamier lui était apparue pour la première fois en robe blanche sur un sofa bleu. « *Je me demandais si je voyais un portrait de la candeur ou de la volupté. Je n'avais jamais rien inventé de pareil.* »

Personne ne doutait de son degré d'intimité avec l'écrivain, c'était au-delà de toute forme de connaissance. Les copies de ses élèves de la Sorbonne, là sous ses yeux, le prouvaient. Le sujet qu'elle leur avait donné lui avait valu l'admiration de ses collègues en salle des professeurs : « "Il écrivait à la diable pour l'immortalité." Une telle remarque de Chateaubriand à propos de Saint-Simon s'applique-t-elle à la *Vie de Rancé* ? » Pas plus tard que la semaine dernière, le chef du département Lettres de l'université l'avait félicitée pour sa publication dans la prestigieuse *Yale Review*. Sur les linéaires dédiés à Chateaubriand, en libre accès à la Bibliothèque nationale, Séverine reconnaissait au premier coup d'œil les trois tranches de ses livres. Et c'était sans compter les articles.

Soutenir la vision de son écran d'ordinateur devenait douloureux, ce fond blanc du site Internet de la Société Chateaubriand la renvoyait à sa lacune. Une escale de l'écrivain à Saint-Tropez qu'elle aurait ignorée... ? Un méli-mélo d'images l'envahit : Saint-Tropez surgissait, aveuglant tout de son soleil. Le visage grave du vicomte de Chateaubriand se télescopait avec la blondeur crêpée de Brigitte Bardot, puis c'était des inconnus aux sourires excessifs, entassés dans un jacuzzi bouillonnant, très dévêtus. Des bouteilles de champagne comme des jets d'eau. Ces visions devaient être le fruit de photos aperçues dans un magazine par-dessus l'épaule d'une patiente, dans la salle d'attente de son dentiste. L'article s'intitulait « Nuits de folies à Saint-Tropez » ; ce titre avait attisé sa curiosité. De quelles folies s'agissait-il ? Le désagréable, l'intenable, à présent, restait de ne pas savoir quand François-René avait pu séjourner, même brièvement, dans ce qui devait être alors un petit village de pêcheurs au bord de la Méditerranée.

Il n'avait pas pu y passer en allant à Venise, en 1806. Après Avignon, en 1802 ? Trop loin. Impossible. Elle consulta une carte du midi de la France. Quelle idiote ! Le Var n'était pas du tout sur le chemin de Venise... La clef de ce mystérieux voyage se trouvait peut-être sur le site de la Société Chateaubriand. Séverine relut attentivement.

« Ah ! Colloque Chateaubriand à Saint-Tropez ! » s'exclama-t-elle. Un *colloque* était annoncé ; voilà, rien de plus, ouf ! Comment avait-elle pu si vite douter d'elle ? C'était tout elle. Elle lut l'annonce : un ou deux spécialistes de Chateaubriand, français ou étrangers, seraient les bienvenus. Les autres participants étaient des écrivains. Un séjour était également offert par la résidence d'écrivains, du 13 au 28 juillet. C'était tentant.

Chateaubriand et l'amour. Dieu que le thème était vaste ! Il promettait toutes sortes d'approximations, de projections ridicules par des gens à la prose hasardeuse. Les écrivains invités – des « écriveurs » – plaqueraient leurs propres sentiments, sûrement d'une médiocrité insoutenable, sur ceux de François-René. Insupportable, se surprit-elle à dire à haute voix. On était loin du colloque de Cerisy, en 1993, l'année de ses quatorze ans, dont la publication découverte par un hasard de bibliothèque l'avait enchantée. Le gros livre était justement sur son bureau. Elle l'avait enveloppé de papier cristal, comme elle recouvrait tous les ouvrages auxquels elle tenait. Le moment où elle repliait la feuille sur les coins lui plaisait particulièrement ; aujourd'hui ils étaient grignotés et jaunis par les manipulations. Elle caressa la couverture. Cette douceur du papier cristal, son crissement ténu lui procuraient chaque fois une petite joie. Être tolérante et positive, elle ne devait pas oublier sa bonne résolution. Comment trouver quelqu'un pour partager sa vie, sinon ? Ce colloque serait sûrement sympathique.

Un souvenir lointain lui revint, de l'époque difficile où elle préparait ses élèves au baccalauréat – heureusement, elle avait rapidement été nommée professeure à l'université. Elle avait choisi ce texte de *René*, qu'elle connaissait par cœur – elle récita le passage à haute voix, un peu pour elle, un peu pour son chat, beaucoup pour le vide : « *Mais comment exprimer cette foule de sensations fugitives, que j'éprouvais dans mes promenades ? Les sons que rendent les passions dans le vide d'un cœur solitaire ressemblent au murmure que les vents et les eaux font entendre dans le silence d'un désert ; on en jouit, mais on ne peut les peindre.* » Elle se souvenait encore de cette élève, Hortense Le Fayer, qui avait fait rire toute sa classe en lançant : « Si on ne peut pas les peindre, ces passions dans le vide, faut peut-être passer à autre chose ? » Par son insolence idiote, le si bel effet de la suite, placée à la ligne, avait été brisé : « *L'automne me surprit au milieu de ces incertitudes : j'entrai avec ravissement dans les mois des tempêtes.* » Toute la beauté résidait dans le surgissement de l'automne. Et le passé simple…

Et puis il y avait eu la question de cette même effrontée, qui écrivait un français plutôt correct tout en mâchant du chewing-gum, quand elle avait imposé à sa classe de lire en entier le livre IV des *Mémoires d'outre-tombe* : « Madame, à part nous, il y a encore des gens qui lisent Chateaubriand aujourd'hui ? » Séverine faisait déjà la guerre aux morceaux choisis, à l'appauvrissement scolaire. Les clairs de lune ou les chutes du Niagara, ce n'est pas que ça, Chateaubriand ! Dieu que cette question était pertinente, hélas ! « Chateaubriand en première ? Vous y allez fort ! » lui avait lancé le proviseur du lycée Montaigne d'un ton ironique. Sa notation sévère le gênait aussi : elle entachait la psyché des lycéens d'une mauvaise opinion de

15

soi. Comment aimer les phrases de l'Enchanteur, percevoir sa relation au temps, sans une profusion de ses écrits ? Elle pensa au passage sur l'obélisque, place de la Concorde, où s'était élevée la guillotine de la Révolution. « *Et cependant la pierre taillée par Sésostris ensevelit dès aujourd'hui l'échafaud de Louis XVI sous le poids des siècles. L'heure viendra que l'obélisque du désert retrouvera, sur la place des meurtres, le silence et la solitude de Luxor.* »

Séverine Baluze se ressaisit. Proust ou Stendhal n'avait pas besoin d'elle, ni d'un colloque grand public. Chateaubriand, si. Il fallait soutenir ce genre d'initiatives en faveur de l'écrivain, rares, malgré la faible qualité des romanciers qui seraient présents – c'était couru d'avance. La gangrène de l'oubli menaçait. Dire qu'il avait été l'homme de lettres le plus vénéré de l'Empire... Elle irait à Saint-Tropez, non comme on part en pèlerinage, mais en croisade.

Chateaubriand et l'amour, répéta-t-elle en regardant le reflet du soleil sur le premier étage en briques de l'immeuble d'en face, qui laissait imaginer un ciel sans nuage. Elle imagina l'écrivain sur un rocher, les cheveux au vent, sa cape noire et son profil se détachaient sur un lointain de ruines. Seul face au Temps et aux éléments, cet être prométhéen créait des mondes. Que venait faire l'amour des humains là-dedans ? C'était bien gênant, tout ce méli-mélo. Elle pourrait parler de l'amour et de la mort : *quand Chateaubriand parle de l'amour, c'est toujours pour le consacrer* memento mori, se dit-elle. Les femmes aimées, il les efface des *Mémoires d'outre-tombe*, de la postérité officielle. Cela lui fit penser à cette rare phrase autorisée au couvent de La Trappe : « *Frère, il faut mourir.* » Dans ses *Mémoires*, Chateaubriand aurait pu écrire : « Femme, il faut mourir. » Sauf peut-être Mme Récamier… Il lui fallait une approche tout public, comme on disait maintenant. Elle rédigerait son intervention à l'avance. Séverine Baluze ne croyait pas à l'improvisation.

Elle alla verser de l'eau dans l'écuelle d'Atala ; un filet bombé coulait doucement. Elle conservait l'eau dans un pichet, pour être sûre qu'elle fût à température ambiante – le robinet réservait des surprises. Elle caressa son chat jaune : il l'ignorait dans son demi-sommeil, abîmé dans ses rêves de grandeur féline. Elle l'avait trouvé, encore minuscule, perdu dans une ruelle de Saint-Malo.

En fait, cette invitation s'avérait une aubaine : les soutenances et les corrections de mémoires seraient finies, ça occuperait bien les grandes vacances qui n'en finissaient pas. Elle imagina des rires d'enfants autour d'un château de sable, et, comme à chaque fois, ses yeux s'embuèrent. Elle aurait été si heureuse avec un petit. C'était décidément une matinée pleine d'émotions. Comment ai-je pu si vite laisser filer les années ? – sa nouvelle grande question. Elle était fille

17

unique, sans enfant, sans neveu ni nièce ni petits-cousins auxquels elle aurait pu s'attacher, transmettre son amour de la littérature. Elle adorait enseigner ; son groupe de thésards était formidable, mais ses élèves à la fac ne lui suffisaient pas, ou plus. « Trente-huit ans, ch'est trop tard », avait chuchoté son père à sa mère, le soir de Noël 2017, la bouche pleine de marrons glacés. Il parlait d'elle, de son silence mutique face à la sempiternelle question : « Et un collègue avec lequel tu t'entendrais bien, à la Sorbonne ? » Puis il y avait eu l'infarctus fatal, ce même soir de Noël. Son inquiétude face au célibat de sa fille avait-elle tué son père ? Une année plus tard, sa solitude restait solidement établie. Comment en était-elle arrivée là ?

Elle s'inscrivit au mas Horatia. Un joli nom, hommage à la fille de Lady Hamilton et de l'amiral Nelson, sans doute. La résidence d'écrivains était-elle tenue par des Anglais ? Le site ne le précisait pas. Un mois la séparait du départ, le 13 juillet. Pas de temps à perdre pour préparer son intervention ! Il y aurait peut-être des participants de qualité, qui sait. Il fallait être optimiste ; elle ferait peut-être une belle rencontre... Elle devait s'acheter un nouveau costume de bain. Une pièce ou deux pièces ? Les questions vestimentaires l'angoissaient toujours ; le une-pièce bleu marine de Saint-Malo suffisait-il ? Avec ses bretelles larges, en V, légèrement drapées sur la poitrine, il lui donnait un air de femme peinte par Mme Vigée Le Brun – dernière fête champêtre avant la Révolution. Était-ce trop couvrant pour le Midi ? Et sa petite Atala ? Elle ne quitterait pas son royaume ; la gardienne qui écorchait son nom mais l'aimait, s'occuperait d'elle en son absence. « Je pars pour deux semaines seulement, ce ne sera pas long, et Carmen viendra chaque jour », lança-t-elle au chat. Pas de réponse. Séverine envoya sur le site de la résidence la photo qui ornait sa carte de la Bibliothèque nationale. Une tête de poisson à lunettes, comme à chaque fois qu'elle se risquait à prendre un selfie. Sur l'îlot du Grand-Bé, notamment, elle s'était photographiée seule devant la tombe de Chateaubriand. Des mouettes moqueuses criaillaient en planant. L'éternité des flots et de l'immense écrivain narguait la modernité médiocre de son geste.

Vilaine photo ou pas, les organisateurs ne recaleront pas la plus grande spécialiste française des *Mémoires d'outre-tombe*. Elle s'offrit le petit plaisir de répéter ce titre en chuchotant et en souriant de contentement. À ce stade du récit, il est trop tôt pour imaginer les conséquences qu'une telle inscription allait avoir sur le destin de Séverine Baluze. Elle était de ces personnes qui gardent le meilleur pour la fin. Séverine se plongea donc dans la copie de son plus mauvais élève de Master 1, prête au désastre : « De toute éternité, on a dit que le diable était dans le détail. » Galimatias ! Au moins, le colloque serait peut-être sérieux, lui !

2

Trente pour cent

> « Il est enjoué, grand rieur, impatient, pré-
> somptueux, colère, libertin, politique, mys-
> térieux sur les affaires du temps ; il se croit
> du talent et de l'esprit. Il est riche. »
>
> JEAN DE LA BRUYÈRE, *Les Caractères.*

C'est pas de bol que les spécialistes mondiales de Chateaubriand soient si peu sexy. *Pas de bol mais pas étonnant,* se dit Rodolphe en regardant la photo de Séverine
Baluze, puis celle de Rose Trevor-Oxland, enrobée
d'une improbable robe à fleurs sur une pelouse. *Est-ce
que ç'aurait été moins pire si j'avais choisi Stendhal… ?*
Oui. Les stendhaliens ont belle allure, forcément.

Rodolphe Berjac, chevalier de la Légion d'honneur, soupira de dépit, un peu fâché contre lui-même,
et beaucoup contre ses idées de colloque et de résidence d'écrivains.

Un selfie raté et il oubliait combien l'accueil
d'écrivains et d'universitaires devait lui être utile. Il
s'agissait de rendre légaux ses cent quarante mètres

carrés *sauvages*, comme lui avait glissé huit ans plus tôt l'architecte suspicieux, en insistant sur l'adjectif, à propos des quatre petits bungalows en bois qu'il avait disséminés dans son jardin, pieds dans l'eau, et du vaste garage transformé, illégalement aussi, en deux chambres. «Trente pour cent de plus que la surface autorisée en bord de mer, ce n'est pas rien ! » L'architecte en tremblait. Rodolphe, financier de profession qui avait fait ses preuves en matière de sang-froid lors de la crise des *subprimes*, restait tel un capitaine imperturbable par 9 Beaufort. Il s'appuyait sur un principe français pas toujours connu : une construction provisoire, dont l'existence a été constatée par huissier, et qui, huit années de suite, n'a été dénoncée par personne, peut prétendre à entrer dans le cadastre. Après avoir dissimulé ses bungalows à l'aide d'immenses bâches de camouflage – de celles utilisées pour cacher les chars lors de la guerre du Golfe, notamment, il les avait vues la première fois au journal télévisé –, le moment était venu de faire reconnaître leur belle existence. Pour plus de sûreté, il lui fallait le soutien du maire. L'avis des incorruptibles inspecteurs du littoral – car le mas Horatia était au bord de l'eau –, n'avait pas le statut conforme. Il y avait un *momentum* : le nouveau P.L.U. avait été attaqué, les toutes récentes lois sur le littoral ne s'appliquaient pas encore. Maintenant, il s'agirait de sauver des logements d'écrivains où les muses prenaient leurs quartiers estivaux – ces écrivains de renom dont la présence illumine la vie culturelle de Saint-Tropez, dirait-on… « Fenêtre de constructibilité, compte tenu de vos activités », « besoin de forces vives »… Ces phrases de la vie politique locale n'avaient pas échappé à Rodolphe, l'été précédent. Tout devrait se passer comme une lettre à la Poste : l'équipe de la mairie n'avait-elle pas été élue sur un ras-le-bol du « tout boîte de nuit » ? Avec Chateaubriand, ils allaient être servis.

Un personnage de roman est toujours un petit Janus ; *a fortiori*, un personnage réel. Pour Rodolphe, il ne faudrait pas oublier trop vite qu'à la source de ses colloques littéraires, il y avait aussi eu une espérance idéaliste : le brillant financier n'échappait pas à la statistique, il appartenait aux trente pour cent des Français se rêvant écrivains. Le jour où il s'était acheté une maison à Saint-Tropez, fraîchement divorcé pour la deuxième fois à cinquante-cinq ans et se trouvant très beau, il avait décidé que sa vie serait un archipel de plaisirs. L'amour léger, la littérature, un *dayboat*, tout allait coexister en harmonie sous le soleil. Ses tentatives d'écriture n'avaient pas abouti – « Continue d'être un excellent lecteur ; ton don, c'est la finance », lui avait conseillé sa fille en éclatant de rire. Échanger avec des écrivains débloquerait peut-être quelque chose, se disait Rodolphe, à la fois insubmersible dans son rêve d'art et peu enclin à rester des heures devant une page blanche.

22

Le colloque *Proust et l'amour*, en 2018, avait été un enchantement au-delà de ses espérances. La jalousie, la souffrance, son genre / pas son genre, le souvenir... ça parlait à tout le monde sur la presqu'île, dans les moiteurs de l'été. Il avait noté sur un carnet des phrases pas mal tirées de discussions avec les écrivains. Lambron, Enthoven, Foenkinos, Liberati... Un esprit Françoise Sagan. Les interventions avaient été brillantes, séduisantes; Global TV Saint-Tropez était venue filmer; même le maire avait adoré! L'ancien haut fonctionnaire était cultivé. Il était resté au moins deux heures, et son attachée culturelle toute la journée : un franc succès.

Chateaubriand, ça risquait d'être plus compliqué : personne ne le lisait plus; lui-même s'était contenté d'extraits des *Mémoires d'outre-tombe*... Mais là ça avait été la surprise : quel styliste! Une merveille. Ses chutes de paragraphe l'avaient ébloui, avec une phrase courte pour finir. Le programme de la résidence se devait d'être audacieux. Un immense écrivain, Chateaubriand; un homme d'action, un voyageur, un essayiste : quelle vie géniale! Le programme de 2019 était à l'image de Rodolphe : il aimait le risque. N'avait-il pas chassé le mouton bleu en plein Himalaya, l'ours brun du Kamchatka au 300 Winchester Magnum? Ce constat lui fit bomber le torse, comme la reconnaissance d'un caractère sexuel secondaire qu'il aurait inventé.

Puis son regard croisa celui de Séverine Baluze en photo. Sa bouche s'affaissa un peu. Quinze jours. Trente repas face à ces grosses lunettes... « Porter de telles bésicles quand on a le prénom de *Belle de jour*, marmonna-t-il, c'est un comble ! » Cette remarque, que Rodolphe jugea pleine d'esprit viril et de culture, lui rendit sa bonne humeur. Il sourit en coin et confirma à sa secrétaire l'admission des deux spécialistes de Chateaubriand : « Pour ces jeunes femmes, surtout, les cabanons loin de ma chambre, s'il vous plaît. »

Il ne risquait pas de les rejoindre à la nuit tombée sous les coassements des grenouilles. L'essentiel, pour le moment, c'était la venue d'Hortense Le Fayer. Avec elle, l'écrivain Nadège Voynet, ravissante, sa fille qui serait là et avait aussi décidé d'écrire – sa dernière lubie –, et Pierre Doriant, convive qui avait fait ses preuves l'été dernier – comment font-ils, ces académiciens, pour parler de tout avec grâce ? Ça change des analystes financiers –, les quinze jours passeraient comme dans un rêve. Ne pas oublier de feuilleter le *Dictionnaire amoureux de Chateaubriand* écrit par Pierre Doriant, justement. La dédicace était charmante. De quoi garantir une bonne tenue au colloque à la fin du séjour.

Rodolphe Berjac souleva son sourcil droit. C'était son tic après avoir bouclé un sujet.

3

Pieds dans l'eau

« Les idées romanesques en valent bien
d'autres, puisque dans ce monde on n'a
que le choix des folies : folies sages, folies
folles, folies nobles, folies basses, etc. »
CHATEAUBRIAND, lettre à Mme de Staël.

« Chateaubriand, on s'en fiche grave ; Saint-Tropez,
pas du tout. Donc, je t'en supplie, tu réponds *oui*. Et
j'y vais ! »

Une fulgurance avait traversé l'esprit de la jeune
et jolie Hortense Le Fayer, autrice de trois autofic-
tions alertes, tirées chacune à vingt mille exemplaires,
lorsque l'attachée de presse de son éditeur l'avait
appelée. C'est néoprovencal, pieds dans l'eau, répétait celle-ci, comme on peut être envoûté par une
petite annonce immobilière. Puis elle ajouta :

— J'ai tout « googlé », tu penses. Le truc n'existe
que depuis deux ans, les chambres doivent être ruti-
lantes ; en photo, ça a l'air sublime. L'eau bleu lagon
juste devant, un truc de dingue. Le coin a un drôle de

nom : La Moutte. Les pins parasols, la plage, du cinq-étoiles, chérie.

— Tu es exceptionnelle, je prends tout de suite. Ça a l'air fantastique, je google aussi dès que je sors de mon rendez-vous. T'es géniale.

Avec leurs ego en kryptonite, ni l'une ni l'autre ne s'était demandée sur quels critères Hortense avait pu être sélectionnée pour un colloque Chateaubriand. Rien, dans son œuvre centrée sur elle-même, dont l'écriture mobilisait aussi peu de mots qu'un politicien de la Ve République à la télévision, ne présentait le moindre lien avec le style des *Mémoires d'outre-tombe*. Était-ce l'emploi du « *je* » ? Non, il était inexistant chez Hortense, qui s'arrangeait pour créer des personnages très proches d'elle, tout en jouant sur l'ambiguïté de la fiction.

— Je dois causer sur Chateaubriand, à un moment ? Le jour du colloque, non ? Ça ne m'est pas arrivé depuis le lycée, et encore, j'avais pompé sur mon voisin ! Une prof ayatollah, fallait tout lire, elle notait hyper-agro. Mme Baluze : je m'en souviens encore. Du genre qui te fait douter à vie de ton génie si t'es fragile...

— Parle de *toi* et Chateaubriand ! C'est ça qui intéresse les gens.

— T'as raison.

— Tu peux tout faire, tu es un grand écrivain.

Personne dans la voiture n'aurait pensé deux minutes le contraire, hormis peut-être le chauffeur Uber, mais le destin l'avait fait naître dans un F2 de La Courneuve, l'éloignant de ce genre de souci.

— T'es ma fée. Qu'est-ce que j'aimerais y être ! J'ai envie de fêtes, d'eau et de soleil. T'as vu ce temps pourri ?

— Ouais, tu parles d'un réchauffement climatique !

Une fine pluie tombait sur l'avenue Charles-de-Gaulle, à Neuilly. La voiture s'arrêta devant l'immeuble brillant et noir. Comme une limousine de rappeur, de la société de parfums où Hortense offrait ses services de conceptrice rédactrice *free-lance*. Elle resta trois minutes de plus dans la Tesla pour clore sa conversation. Le temps, pour son appli de rencontres, de lui notifier cinq *likes*.

— Notre coursier te dépose le livre de Jean d'O sur les amours de Chateaubriand, continua l'attachée de presse, tu gagneras un temps fou pour le colloque.

— Jamais lu d'Ormesson. Le mec avait l'air sympa.

— Sur Chateaubriand, c'est une écriture très *eighties*, tu vois. « Apostrophes », les cravates hyper-larges, l'*Encyclopædia Universalis*. L'érudition comme ça, aujourd'hui : au secours, on a Wikipédia ! Mais tout y est ; avec ça, tu seras béton. Cool à lire, en plus...

27

— Sa maîtresse sur un transat, comment elle s'appelait, déjà?

— Mme Récamier.

— Bravo! Ça me revient grave. L'amour, le romantisme, les sentiments, c'est mon rayon, surtout en ce moment, avec *Le Désordre*.

Hortense fit trois secondes de silence. Volontairement, comme un hommage à son œuvre d'art en gestation. L'attachée de presse s'en émut. Avoir accès à l'évocation du talent littéraire, et par son auteur même; toucher du doigt la création en mouvement, c'est ce qui la faisait se lever le matin...

— Bon, j'en tirerai quelque chose d'exceptionnel, abrégea Hortense, qui soudain se rappela qu'elle n'avait pas encore écrit une ligne de son livre, et que l'équipe Chanel N° 5 l'attendait.

Elle oublia de refermer la porte en partant.

« Sur ma mère, elle se croit où? » pesta le chauffeur qui dut sortir de son véhicule.

4

Le départ

«Tous les Anglais sont fous par nature ou
par ton.»
CHATEAUBRIAND, *Mémoires d'outre-tombe.*

— *Sir*, pourriez-vous m'aider avec cette valise, je vous
prie?

Une femme à l'accent anglais barrait l'entrée du
wagon. *Elle ressemble à Wallis Simpson*, se dit Pierre
Doriant, *la divorcée prétendument fatale, sûrement inven-
tée pour se débarrasser d'un roi trop proche des nazis* – il
aimait bien être expéditif sur certains sujets. Il n'empêche, la possibilité d'une histoire d'amour et le *Sir*
mélodieux de la voyageuse touchèrent l'enfant de
chœur que Pierre, devenu depuis académicien, avait
été: serviable et méticuleux. Il s'empara du bagage
pour en découvrir, trop tard, son poids inhumain.
C'était une valise sans roulettes, surdimensionnée
comme on n'en fait plus, que sa propriétaire avait
fixée à l'aide de deux sandows sur un petit diable
chromé et pliant. Pierre devait maintenant hisser ce

29

monstre dans la cohue des grands départs. Les roues du diable agaçaient ses cuisses. Une violente douleur assaillit ses lombaires.

— C'est un vrai déménagement! lança Pierre à Wallis, qui se moquait visiblement du genre masculin. Vous fuyez le Brexit?

— Non, au contraire!

Du haut du marchepied, elle l'observait se tordre les reins d'un air condescendant.

— L'espérance de vie d'un sherpa népalais est de quarante-deux ans, lui lança Pierre, le souffle coupé.

— C'est l'altitude qui les tue.

Et elle disparut s'asseoir, le laissant fourrer avec peine le bagage démesuré dans la cage à valises qui débordait, comme on pouvait s'y attendre: on était le 13 juillet. « Qu'est-ce qu'elle a pu mettre là-dedans? » marmonna Pierre courbé en deux sous les barreaux horizontaux. Les battements de son cœur s'intensifièrent.

L'académicien prit le temps d'observer encore l'objet honni. Il s'agissait d'une valise en toile ancienne à chevrons, dotée de coins en cuir d'une belle patine, cloutés pour plus de solidité. Fétichisme des beaux objets de Wallis *bis*? Sens de l'économie qui la retenait d'acheter une vilaine valise à roulettes comme tout le monde?

Les pots de crème en verre, les clefs, les chaussures à semelles compensées, les deux bouteilles de vodka achetées au litre et demi – il est toujours facile de se procurer un seau à glace –, les œuvres complètes de la comtesse de Ségur, dont Rose Trevor-Oxland écrivait une biographie romancée, n'expliquaient pas à eux seuls le poids de la bête cloutée. L'autrice anglaise avait bourré sa valise d'exemplaires de son livre traduit en français sous le titre : *Le Séducteur français : Ravages de Chateaubriand sur les femmes anglaises*, qu'elle comptait bien vendre à Saint-Tropez.

Épuisé et bénissant son célibat, Pierre s'assit à sa place isolée, son panama sur les genoux afin de ne pas l'oublier. Pour calmer un agacement nocif, son amour de la littérature convoqua Chateaubriand et, comme souvent, les femmes qu'il avait aimées. S'il ne devait y en avoir qu'une seule, c'était Natalie, Natalie *sans h.* L'originale, l'envoûtante Natalie de Noailles. C'est de cet amour fou, le plus passionné, le plus partagé, qu'il parlerait au colloque. C'était aussi le sujet de son quinzième roman. Désormais presque arrivé à la fin – il allait juste améliorer son manuscrit, ces prochains jours –, il pouvait le dire : son sujet était le bon. La passion de Chateaubriand pour cette femme des Lumières, libertine, lui avait fait renouer avec le temps des illusions. Grâce à elle, il avait écrit une dernière fiction pour raconter leur histoire. Une métamorphose. Comme à chaque fois, un monde qui ne demandait qu'à vivre était remonté des abysses sous la plume de Pierre Doriant. Grâce à lui, des êtres vivaient de nouveau. C'était au tour de Natalie, cet être trop parfait, jusqu'à la folie, songea-t-il. Le temps de la perfection en amour et le frisson de l'aventure, ne sont-ce pas les deux choses que l'on cherche toute sa vie ?

Un tout autre frisson parcourut bientôt l'académicien : une femme séduisante venait de s'asseoir de l'autre côté de l'allée. Elle leva les yeux vers lui alors qu'elle sortait un livre de son grand sac à main. Pierre serra son panama. *On entre dans son regard comme dans un bain*, se dit-il, pastichant Paul Morand. Un miracle : le livre que cette femme délicieuse lisait s'intitulait *L'Amour le jour*. Et ce livre, Pierre Doriant en était l'auteur.

Une belle inconnue lit un livre dont vous êtes l'auteur. Il s'accorda un long moment pour goûter à ce bonheur unique, aimanté par son roman, son nom, le titre dont il avait été si content et qui l'avait accompagné durant ses trois années d'écriture. Il avait inventé cet objet de toutes pièces ; il y avait cru et lui restait lié ; et, à présent, cette part de lui se trouvait caressée, serrée, possédée, par les mains d'une belle femme. Elle laissait son esprit s'en remettre à ses mots, tandis que l'arrondi de ses doigts caressait le grain du papier. *Mes mots pénètrent sa rétine*, se dit Pierre, *capturent son esprit sous ses beaux cheveux auburn ; mes phrases entraînent son imagination. C'est merveilleux. Cette femme si séduisante consacre son temps, son temps d'être vivant, à une histoire que j'ai imaginée, qui est unique !* Il était grisé, c'était un signe du destin qui lui confirmait sa mission d'écrivain. Elle est à la moitié du livre... L'envie de se dévoiler devint irrépressible...

— Chère Madame, excusez-moi de vous interrompre... Mais le livre que vous êtes en train de lire, c'est moi qui l'ai écrit...
— Ah.
— Il vous plaît ?
— Oui, c'est plutôt pas mal. Bon style. Si ça ne vous dérange pas, je voudrais pouvoir le lire tranquillement.

Et l'inconnue se replongea dans sa lecture devant Pierre, médusé – mot bien trouvé pour un trajet qui finissait au bord de la mer Méditerranée.

Quelle étrange impression. Impossible de lui en vouloir, tout ça était fantastique ! Pierre se sentait sur un nuage. Bercé par les soubresauts réguliers des rails, il opta pour une sieste, et s'endormit en caressant cette étrangeté. Il repenserait à Chateaubriand et à ses amours plus tard. Dieu que cette femme l'intriguait. La vie, avec toutes ses merveilleuses surprises, valait la peine d'être vécue.

5

Carpe et lapin

> « Life is a beach. »
> Anonyme du XXᵉ siècle.

L'étendue de béton gris devant l'université de Nanterre ressemblait à une grande digue à la tombée du jour. Parfois, Marc Ménard croyait presque entendre le fracas des vagues. L'appel des tempêtes le saisissait ; il se disait que Chateaubriand aussi avait été confronté à un gris immense. Puis, il regardait ses pieds : l'habitude de se méfier des dalles des ensembles urbains dont les interstices semblent avoir été pensés comme des pièges – un principe de précaution après plusieurs chutes. Il ne se rendait pas compte qu'il portait toujours ses lunettes de soleil sur le nez ; la seule chose qu'il avait trouvée pour diminuer l'agressivité des néons du RER. Dans le wagon, une élève de master 2 l'avait regardé bizarrement. Ç'aurait été tellement simple de lui expliquer que, sans ces lunettes, la réalité était trop déprimante. Il repensait tranquillement à une situation – une bonne fortune –, qu'il n'avait pas placée dans son livre, *Chateaubriand Americana 2016* : sa conversation avec Jane Glenn, professeure à Harvard de *gender studies*, sur le génocide fondateur de l'Amérique dénoncé par Chateaubriand. L'universitaire s'était déshabillée dans son salon sans crier gare, alors qu'il goûtait à un chardonnay sorti du petit robinet d'un cube de carton installé dans son réfrigérateur. Ils avaient fait l'amour devant un totem de terre cuite en forme d'ogive rose qu'elle avait réalisé avec ses élèves. Comment tant de culpabilité chez une Caucasienne avait pu éveiller un tel désir ? À la fin de leur discussion, alors qu'il s'en allait, elle lui avait dit : « J'ai apprécié notre *sex session* mais je trouverais ça déplacé que tu m'en reparles. Ce serait comme être essentialisée en objet de désir masculin. » *Le momentum appartient désormais à la femme*, se dit Marc Ménard en shootant sans le faire exprès dans un gobelet de café long sans sucre aux trois quarts vide. Il était arrivé dans la salle des profs, ignorant que la dizaine d'e-mails qui l'attendait dans son ordinateur recelait une invitation à participer au colloque *Chateaubriand et l'amour*, et à résider à Saint-Tropez pendant quinze jours au mois de juillet. Parfois un jour est autrement le même.

Comment Marc Ménard aurait-il pu imaginer que la pétillante Oona Berjac eut aimé son sourire de dessin animé, de souris malicieuse, quand elle l'avait découvert sur Internet dans une vidéo de France Inter, faisant la promotion de son livre *Chateaubriand Americana 2016* ? « Trouve-moi deux, trois universitaires pour le colloque Chateaubriand. Les écrivains, je m'en occupe », lui avait demandé son père, Rodolphe, à son retour des États-Unis. De son matelas de plage, chez Loulou à Pampelonne, la musique à fond, Oona y repensait. On était le 10 juillet 2019.

« *Unidos para la musica* », j'adore, comme j'adore, en vrac, l'auvent en paille au-dessus de ma tête censé me protéger du soleil, la MDMA qui m'a collé hier une extase bienveillante avec mes copains venus de Monaco en bateau, chanter « *Amor para todos* » en dansant sur une table, et mes quinze mille *followers* sur Instagram. « *My me, I, and myself is my leitmotiv* » : j'ai écrit ça en majuscules sur mon compte, histoire de me présenter. Je ne poste que des photos de moi, chaque jour, à 18h30 ; ça paraît dingue, mais ça marche. J'ai quinze mille *followers*. Bon, je triche un peu, je fais des retouches rapides pour être plus belle ; avec des applis je m'étire, quelques centimètres de jambes en plus, une taille plus fine – je me fais ces petits cadeaux ; parfois ça rate, je me retrouve sur la photo avec le nombril sous les seins, ou décalé sur le côté. Un Picasso, alors que, dans la vraie vie, je serais plutôt comme les personnages de dessins animés, les

Toons, Titi, Gros Minet, Tom & Jerry : je peux tomber, m'aplatir, on peut me rouler dessus. *Cut.* Je repars, à peine sonnée. L'aventure continue. Fondu au noir, puis *That's all folks,* jusqu'au prochain épisode.

Bercée par le fil de ses pensées, Oona grattait de son pouce la bague tête de mort qu'elle portait à l'annulaire gauche. Un crâne, c'est le portrait de n'importe qui. C'est aussi indifférencié qu'un *je t'aime.* C'est pour ça que je suis devenue aromantique. Qu'est-ce que je vais raconter aux pensionnaires de mon père ? C'est la première fois que je suis là en même temps qu'eux. L'été dernier, à force d'avoir trop pressé le cœur des garçons, comme Tropicana les oranges, je rattrapais en *crash procedure* un semestre à l'université de Floride. Une mosaïque de savoirs en trois mois : je suis un pur produit de la postodernité, presque savante sur pleins de petits trucs. Foucault, Louis XVI, Warhol, les *cargo cults* d'Océanie, les animaux à l'époque de Néron, la pensée occidentale comme ultime impérialisme... Et maintenant, un chouïa de Chateaubriand grâce à Saint-Tropez, et des écrivains. Ils tombent bien : j'écris, moi aussi.

6

Tout est désordre

> « Un bateau dans un jardin, des murs en parpaing. Des vignes, beaucoup de caravanes, des bétonnières. De Marseille à San Remo, la mer comme un balcon en verre fumé... »
>
> BERTRAND BURGALAT, *È Pericoloso Sporgersi.*

La conversation qui perçait de la rangée de derrière réveilla Pierre. C'était une voix d'homme légèrement sifflante et enthousiaste, en pleine discussion avec une voix féminine – sûrement sa voisine :

— De quel Chateaubriand parle-t-on quand on énonce le titre de ce colloque, *Chateaubriand et l'amour*? Le personnage qui a vécu? L'auteur? Le narrateur des *Mémoires d'outre-tombe*? Un corpus d'œuvres? Quelle distance littéraire choisissons-nous? C'est passionnant, n'est-ce pas?! Ça fourmille d'enjeux critiques : poser la question de Chateaubriand et l'amour, c'est poser la question du *je*, du moi de l'écriture, du moi de l'écrivain.

— C'est vrai.

— Quand on sait que le réel n'existe pas en littérature…

Ceux-là seront au colloque, c'est à parier, pensa Pierre. *Encore des ennuyeux ; surtout lui, il va nous bassiner tout le séjour à disséquer la littérature.*

— Et est-ce que vous avez remarqué, poursuivait le voyageur de derrière, qu'en fait l'amour est le grand absent des *Mémoires d'outre-tombe* ? Je suis parti de là, pour mon intervention.

— Ça va être passionnant. C'est sûr que l'on ne peut exclure l'amour du regard d'outre-tombe que Chateaubriand choisit de porter sur le monde. Et avez-vous remarqué combien l'absence de l'amour prouve qu'il ne peut être assimilé à un romantique ?

— La passion destructrice : ce n'est pas son dada ! Il s'est bien débarrassé des femmes, dans ses *Mémoires* !

— Hormis de Mme Récamier. Mais vous avez raison, on est loin de *Werther*… Les enjeux théoriques que pose cette question sont essentiels. On peut se tutoyer, non ?

— Bien volontiers ! Depuis le temps que nous nous croisons autour de Chateaubriand.

C'est ça, tutoyez-vous, se dit Pierre. *Ils sont deux, tant mieux, ils couperont les cheveux en quatre, ensemble, et nous ficheront la paix.* Loin des enjeux théoriques de ses voisins, le romancier reprit sa contemplation de la lectrice du train : elle était toujours plongée dans son livre, c'était bon signe. Il la couva des yeux, espérant croiser son regard, mais elle était trop absorbée par sa lecture : quelle félicité ! Comme tous les Don Juan, l'académicien mélangeait dans une soupe joyeuse les sentiments, le désir physique, les tocades, la passion, les connivences intellectuelles, l'érotisme, l'admiration et la possession. Malgré le mal de dos occasionné par la valise britannique, il se leva légèrement de son siège pour observer à la dérobée la voisine du structuraliste de service – il n'avait pas volé son surnom ! Sa voix douce et féminine était prometteuse. Il aperçut Séverine Baluze et se rassit, dépité.

On approchait de Bandol. Le train prit un virage et Pierre reçut en plein visage la mer bleue, le soleil et les pins parasols. On avait changé de monde.

Au même instant, à une petite centaine de kilomètres de là, Nadège Voynet entrait dans sa salle de bains du mas Horatia. Les restes d'une sensualité révolue l'y attendaient, en vogue à la fin des années 1970 : une baignoire pour deux personnes et de nombreux robinets le long des murs, propices à toutes sortes de massages aquatiques à domicile. Elle eut envie d'essayer, son corps en avait besoin. L'eau ne se mit à couler que d'un seul jet, un mince filet le long du carrelage blanc. *Autant prendre simplement une*

40

douche, pensa-t-elle. Une forte chaleur se dégageait des ampoules nues qui encadraient l'immense miroir, comme on en trouve dans les loges de star. Nadège aurait tant aimé jouer au théâtre, avoir un rôle au cinéma. Elle se regarda : elle était encore très belle. Sa pâleur étudiée, autour sa chevelure auburn, coiffée en frange : elle aurait pu vivre sous le Directoire ; il ne lui manquait qu'un chignon. Elle releva ses cheveux, inclina la tête. Une beauté d'Herculanum. Pour le colloque, elle avait assez envie de lire quelques lettres d'amour de Chateaubriand ; elle saurait les choisir. Lorsqu'elle retourna dans sa chambre, face au rivage, le même bleu de la mer et du ciel se précipita sur sa rétine, et toute autre impression en fut annihilée. *Le bleu du Sud*, se dit-elle ; *la lumière sans ombre*. Nadège ne vit pas les quatre volumes des *Mémoires d'outre-tombe* laissés à son intention sur son petit bureau.

Ces mêmes volumes attendaient également Hortense Le Fayer dans son bungalow. La jolie trentenaire les regarda en soupirant avant de retourner sur la terrasse de la maison principale pour demander où était la plage, veillant à ne pas passer pour une vacancière.

— Vous êtes bien installée ? l'interrogea Rodolphe.
— Oui, parfait. C'est très inspirant.
— Bien. Vous écrivez quoi, en ce moment ?
— Un roman. Il va s'appeler *Le Désordre*.

41

— Ce titre est intrigant, alléchant, même, venant d'une jolie femme.

Rodolphe avait fait venir Hortense et Nadège avant le reste du groupe, histoire de lier connaissance tranquillement.

— Je suis partie d'une phrase de Kerouac qui m'avait plu : « *Tout est en désordre. Les cheveux. Le lit. Les mots. La vie. Le cœur.* »

— Formidable. Et ça se passe où ?

— Je préfère ne pas en dire plus pour le moment – *et tu fais bien,* lui chuchota sa voix intérieure, *vu comme tu es en retard et comme ton éditeur est au bord de t'envoyer un papier d'huissier.* Enfin, je vous le dis quand même : Saint-Tropez. En grande partie. Y a-t-il une plage, près d'ici, j'ai besoin de noter des éléments réels… ?

7

Bienvenue au mas Horatia

« J'ai trop peu de temps à vivre pour perdre
ce peu. Horace a dit : "*Carpe diem*, cueillez
le jour.*" Conseil du plaisir à vingt ans, de la
raison à mon âge. »

CHATEAUBRIAND, *Mémoires d'outre-tombe.*

En découvrant les mines de champignons de Paris de
ses invités à la sortie du minibus, Rodolphe pensa aux
quinze jours à venir : ça allait être long. Sans trop les
approcher, il leur souhaita la bienvenue. Après un
verre sur la terrasse, Marie-Liesse, désignée comme
« *manager et cuisinière* », et un « *jeune maître d'hôtel* » en
bermuda bleu et polo blanc au sourire étincelant, Ali,
allaient leur montrer leurs chambres et les aider pour
leurs valises. Rose Trevor-Oxland se dirigea immédiatement vers Ali et, avec un ton usité dans le Com-
monwealth de la reine Victoria, elle lui indiqua
l'énorme chose cloutée qui dormait à l'arrière du
minibus :
— *My luggage.*

— Je vais voir ce que je peux faire, Madame, répondit le coolie en se gardant de parler anglais.

Les résidents remontèrent une très belle allée de lauriers-roses vers une terrasse couverte face à la mer, où boudait une glycine dépourvue de la moindre fleur.

— C'est merveilleux, de cette pergola nous percevons le bruit des vagues! lança Marc à Rose.

Celle-ci regardait droit vers Gibraltar, dubitative. Tout en attrapant un verre de rosé sur le plateau d'Ali, elle lui dit, cette fois en français:

— Vous penserez à ma valise.

Précédée d'un petit teckel très alerte, une fille de vingt-cinq ans arriva, juchée sur des *plateform shoes* qui lui donnaient une taille de mannequin, vêtue d'un short et d'un t-shirt très décolleté à tête de mort. Marc ne put s'empêcher de penser à cette phrase de Chateaubriand: « *Nous dansons sur la poudre des morts* », et à son obsession pour la mort. Il eut l'impression d'être tombé au bon endroit.

— Je peux vous prendre en photo? lui demanda-t-elle. C'est pour le site de la résidence, je suis Oona, la fille de Rodolphe.

Alors que Marc préparait son plus beau sourire de souris vedette de dessin animé, et que Rose inspirait pour présenter un port de reine, Oona se ravisa.

— Vous êtes beaux mais on va attendre que tout le monde soit un peu bronzé.

Elle s'éclipsa pour aller dire bonjour à Pierre Doriant. Il ressemblait à un général de Napoléon dans son uniforme d'académicien à palmes dorées. Elle l'avait vu sur Internet, ça lui avait donné envie de feuilleter son *Dictionnaire amoureux de Chateaubriand*; enfin, juste deux chapitres, « Amour » et « Pauline » – car c'était son deuxième prénom. Elle avait lu la fiche de celle qui avait aimé le vicomte de Chateaubriand pour son style, avant la gloire, et qu'il n'avait cessé de tromper. La pionnière des amoureuses célèbres. L'écrivain n'avait aimé Pauline de Beaumont que mourante dans ses bras. « *Consumée d'une maladie de langueur* », écrira-t-il plus tard, à Rome sur le monument élevé à sa mémoire dans une chapelle de Saint-Louis-des-Français. Oona se garda d'en parler. *On entre dans son regard comme dans une vague*, se dit Pierre. Cet autre pastiche l'enchanta. Après les yeux verts de la jeune fille, il découvrit à son tour la tête de mort sur son t-shirt. Un certain goût pour la rébellion, conclut-il.

— Vous ne portez pas votre uniforme ? lui lança Oona.

— Uniquement sur la plage.

— C'est vrai qu'il est waterproof. Vous restez les quinze jours ?

— Oui. C'est court, quinze jours.

Oona partit d'un grand rire rauque, incompréhensible pour Pierre.

— Comme dit Julien Gracq, glissa Marc à Rose en levant son verre pour trinquer, le voyage sans idée de retour peut vraiment changer votre vie.

— Je compte bien rentrer à Londres, moi! Surtout s'ils nous servent du vin rosé noyé de glaçons en apéritif – quelle idée! C'est comme un amant qui ferait des préliminaires trop longs.

L'Anglaise le regardait droit dans les yeux. L'universitaire ne fut pas sûr de bien comprendre. De minuscules nappes flottaient à la surface du liquide rose, comme l'essence moire l'eau. Ce mélange d'eau et de vin rosé, d'une beauté incroyable, le fascinait par sa transparence particulière.

—Vous ne préférez pas la vodka?! continua-t-elle.

— Personnellement, je trouve ce vin rosé très frais, très agréable.

Marc plissait le nez pour faire remonter ses lunettes. Jamais, il n'avait vu ainsi le bleu de la mer à travers des petits pins noueux. Quel spectacle extraordinaire! L'Anglaise voulait en fait qu'il lui trouve une bouteille de vodka sur-le-champ. Il ne vit pas son mécontentement lorsqu'elle l'abandonna pour la cuisine. Les cigales régnaient en maîtres sonores et invisibles. «*Vies aussi légères, aussi ignorées que ma vie*»: Marc était ravi d'être là. Il cherche des yeux sa nou-

46

velle amie Séverine. Comme happée par la mer qui glissait le long du parc, elle était partie se promener – elle, d'habitude si disciplinée. Jamais elle n'aurait imaginé un endroit aussi beau. La chaleur de la journée, à six heures du soir, montait du sol jonché d'aiguilles dans un parfum sucré de pin. La mer et le ciel lui disaient la même chose : le pressentiment d'un bonheur à venir, sans qu'elle fût capable de le nommer. Ce serait idéal de parler de François-René de Chateaubriand ici, au milieu de tous ces arbres dessinés par le vent, de ces grosses roches grises, songea-t-elle. Finalement son grand amour, l'amour constant de l'Enchanteur, avait été la nature. Elle parlerait de ça – c'était mieux qu'un exposé théorique, quitte à improviser un peu.

Sur la terrasse, Oona s'approcha de nouveau de Marc, suivie de près par Pierre Doriant :

— Vous êtes prêt pour le colloque ? Attention, c'est dans quatorze jours, et personne n'arrive à bosser, ici.

Et elle partit d'un grand rire.

Quel rire étrange, pensa l'universitaire, charmé. Lui et les autres invités allaient vite se rendre compte que s'esclaffer, pour Oona, tenait lieu de ponctuation.

— Ma conférence est prête, répondit Marc. Mon intervention sera surprenante. Vous verrez. L'outre-tombe ne fige rien.

Cette phrase agaça Pierre ; il ne releva pas pour le laisser s'enfoncer.

— D'ici là, je vais travailler à mon prochain livre.
Un roman, cette fois. J'aimerais écrire mille mots par
jour.

— Mon manuscrit sera sur le bureau de mon éditeur le 22 août, rétorqua Pierre. Je suis ici pour me
relire, corriger quelques bricoles, laisser infuser...

— Félicitations !

— Ça parle de quoi ? demanda Oona.

— Je ne parle jamais à personne de mon livre en
cours. Et personne ne découvre mon manuscrit avant
Olivier Nora.

— Vous avez peur qu'on vous vole l'idée ?

Oona se remit à rire. Marc, lui, se dit qu'il regar-
derait sur Internet qui était ce M. Nora, puis il eut
envie de parler de sa venue :

— Le voyage à travers la France jusqu'à Toulon a
été extraordinaire. Je me suis laissé émerveiller par le
paysage.

Tellement bas-bleu ! pensa Pierre. Il soupira : *être à*
Saint-Tropez avec un tel zozo. Heureusement, cette Oona
était irrésistible, belle, sa voix unique, rauque et féminine
tout à la fois. Qu'est-ce qu'elle avait, à être si aimable avec
ce lourdaud ? À lui poser des questions, à dire du bien de
son livre : Chateaubriand Americana 2016. *Quel titre !*
Retourner aux chutes du Niagara sur les traces de Cha-
teaubriand... Pourquoi pas à Disneyland !

— C'est drôle, dit Marc à son petit groupe, Chateaubriand n'est pas du tout un écrivain qui parle

d'amour. Il parle d'Histoire, de nature, de destinée, mais de sentiments amoureux, jamais. Je ne sais pas qui a imaginé ce colloque, *Chateaubriand et l'amour*, mais cette personne n'a jamais lu Chateaubriand, c'est évident. Ou si peu !
— C'est moi, dit Rodolphe qui venait de les rejoindre. Rodolphe Berjac : l'inventeur de cette résidence d'écrivains.

Marc vécut un bref moment de solitude, heureusement effacé par Oona :
—Vous êtes le meilleur, Marc ! J'adore les gaffeurs.
Puis Hortense lui apparut, se découpant sur le bleu du ciel et de l'eau. Un simple paréo l'habillait à son retour de plage. *Un ange de beauté drapé*, se dit-il. Était-il arrivé au Paradis ?

Rodolphe prit la parole pour expliquer le déroulé du colloque. Il allait se tenir à l'emplacement du petit amphithéâtre de pierres, situé au bout du parc, face à la mer. Une cinquantaine de coussins serait installée autour. On placerait aussi des chaises pliantes au-dessus du dernier gradin ; chaque participant s'exprimerait face à quatre-vingts personnes.
—Volontairement, nous n'avons pas encore imprimé notre programme, ajouta-t-il. Vous donnerez

à Marie-Liesse le titre de votre conférence dans une semaine : merci de ne pas trop tarder ! Personne ne doit parler plus de trois quarts d'heure. Nous avons besoin de six orateurs, pas plus. N'hésitez pas à intervenir par petits groupes.

Hortense pensa immédiatement à former un binôme avec quelqu'un qui assurait sur le sujet. *Des universitaires sont là, c'est auprès d'eux que je dois chercher de l'information, avant qu'ils attrapent une insolation.* Cette quadragénaire à grosses lunettes, par exemple ; elle doit être une mine. Elle est le portrait craché de Baluze, Séverine Baluze, ma prof de français de première. Moche donc monogame. Elle s'approche, tout sourire – *j'espère qu'elle ne vient pas d'avoir la même idée que moi.*

— Bonjour, vous ne vous appelez pas Hortense, par hasard ? Vous n'étiez pas élève au lycée Montaigne, à Paris... 2004 ou 2005 ?

— Si.

Huit sur vingt de moyenne. C'est elle. Je n'y crois pas : venir à Saint-Tropez pour tomber sur Baluze.

— Cela me fait très plaisir et, en même temps, c'est drôle de vous retrouver ici : vous aviez du mal, à l'époque, avec l'Enchanteur. Que s'est-il passé... ?

Elle s'attend au récit de mon illumination. Tous aux abris.

50

— Rien de spécial… La résidence rassemble des écrivains aussi. C'est à ce titre que je suis là.

— Formidable ! Vous n'imaginez pas le plaisir que c'est, pour un professeur de lettres – pour tout professeur –, de voir un de ses anciens élèves écrire des livres.

— Même si l'ancienne élève n'était pas dans les meilleurs ?

— Si le talent littéraire s'enseignait, cela se saurait… mais le discours de notre hôte, M. Berjac, recommence.

Séverine Baluze s'exclama, pour elle seule une dernière fois : « Quelle surprise ! », puis elle s'approcha de Rodolphe, sans doute pour mieux voir.

Au moment où Rodolphe se lançait sur l'horaire des plateaux-repas dans les chambres, et les quelques sorties prévues, notamment aux Caves du Roy, la fameuse boîte de nuit de Saint-Tropez – déclenchant un bruissement parmi le groupe –, Rose écarta un étrange rideau de perles fixé à l'encadrement de la porte de la cuisine. À l'intérieur, Marie-Liesse, enrobée dans son tablier blanc, y jetait des fleurs de courgette dans une marmite : « Quelle merveille, de l'huile bouillante pour des fleurs ! » s'exclama l'Anglaise, charmeuse.

Habituée des grandes maisons, elle se doutait que Marie-Liesse possédait la clef des approvisionnements, alcool compris, car Rodolphe et sa fille horssol, entrevue à son arrivée, étaient deux êtres que le quotidien angoissait.

Marie-Liesse s'apprêtait à marmonner son rituel «Vous savez… j'aimeu pas trop qu'on se promèneu dans ma cuisineu!», mais l'accent anglais chic de Rose l'arrêta. Une immense satisfaction l'envahit. *Cetteu dame anglaise, elleu me fait penser à* Downeu tonne Abbé, se dit la cuisinière – car les pensées intérieures conservent les accents. Les séries donnent l'impression profonde à leurs spectateurs qu'ils vivent en intimité avec leurs personnages. Ce sont leurs compagnons du quotidien, une deuxième famille dont ils acceptent les failles morales, et qui les fait vibrer avec elle. Ce phénomène fonctionnait à plein chez Marie-Liesse. Elle servit à Rose un large verre à whisky rempli de vodka, tout en lui glissant :

—Vous connaissez *Donneu tonne Abbé* ?

— *Downton Abbey ? The TV show ? Of course !* Un de mes cousins écrit cette série. Vous savez, la vie c'était comme ça chez mon père… Maintenant, c'est tout à mon frère aîné. Je n'ai qu'une toute petite maison de poupée de souris à Chelsea.

Cette confidence patrimoniale alla droit au cœur de Marie-Liesse : c'était comme un nouvel épisode rien que pour elle, un bonus tombé du ciel. Elle lui servit un second verre.

—Vous êtes merveilleuse, Marie-Liesse. Je vous

donnerai notre recette familiale du bœuf Wellington. En secret.

Cette fois, Marie-Liesse resta muette. L'idée de recettes de cuisine d'origine anglaise lui semblait saugrenue. Rose n'eut pas le temps de s'en apercevoir : passée sa promesse de don, elle retourna sur la terrasse. Elle avait une question brûlante concernant le colloque. Quand Rodolphe, à la fin de son exposé, demanda si tout était clair, Rose parla la première :

—Y aura-t-il une vente de nos livres, à la fin ?

—Vous nous aviez posé la question plusieurs fois par téléphone et par Internet, je crois ? Ce n'est pas trop l'idée mais si vous y tenez...

— J'ai apporté mes exemplaires avec moi, je ne compte pas les rapporter à Londres, répondit sèchement Rose.

Pierre comprit que l'Albionne du train avait sacrifié son dos par esprit mercantile ; il lui jeta un regard noir. Hortense Le Fayer, elle, gardait les yeux rivés sur son téléphone ; sur l'appli du site de rencontres OkCupid, plus précisément. Grâce au code WiFi du mas Horatia enfin obtenu, elle avait pu se géolocaliser. Cela avait déclenché une flopée de *likes* venus de soupirants possibles. Dépitée par sa quête insatiable de l'âme sœur, elle les *swipait* du bout de l'index : faisant glisser vers la gauche les photos de ceux jetés pour toujours ; vers la droite ceux qui méritaient un examen plus approfondi : ces derniers avaient une microchance, et seraient informés qu'ils plaisaient à Hortense qui leur plaisait. Contrairement à ceux qui s'affublaient de noms de guerre comme Lancelot, Kim, Perhaps ou Goya78, Hortense conservait son prénom sur les applis de rencontre. Sans savoir tout ça, Rodolphe sentit que cette résidente qui n'écoutait rien, aussi jeune et jolie fut-elle, allait mettre le bazar.

— Je vous rappelle la règle numéro un de la résidence, dit-il, qui est très importante pour des raisons de sécurité ; j'insiste sur ce mot, et parce qu'ici, c'est une résidence d'écrivains, où l'on est venu pour *écrire*, non un hôtel à Saint-Tropez : une atmosphère calme et studieuse doit régner. Je vous demande donc de ne pas faire venir de personnes extérieures, ni la journée ni la nuit, *a fortiori*, et s'il y avait un cas de force majeure – je ne vois vraiment pas pourquoi il y en aurait un en quinze jours –, je vous remercie d'en avertir Marie-Liesse à l'avance. Ce que je vous dis fait partie du règlement intérieur que chacun a signé lors de son inscription.

Hortense jeta un regard entendu à Oona, l'autre jolie fille de l'assemblée, sans savoir que le vieux mec insupportable qui tannait tout le monde était son père. Rodolphe intercepta son regard. Aussi ajouta-t-il, agacé de tenir le mauvais rôle : « J'aimerais ne pas avoir à interrompre le séjour d'un ou d'un(e) invité(e) lors de cette session 2019 consacrée à Chateaubriand.

Rodolphe s'arrêta net, mâchoire bloquée, bouche ouverte, langue suspendue à l'intérieur de la bouche, yeux terrifiés : Nadège venait de surgir sous la pergola, une serviette en turban sur la tête, une autre autour de son ravissant corps nu. « Effroi du désir et de la femme » aurait pu diagnostiquer l'éphémère actrice devenue écrivaine, habituée à croiser le fer charnel. Au lieu de ça, elle déclama :

— Le filet d'eau, déjà mince du fait de l'absence de pression dans la tuyauterie – sur n'importe quel sujet, elle était très explicative –, a définitivement cessé de couler sur mes cheveux pleins de mousse.

Les problèmes des résidences secondaires doivent rester secondaires : Rodolphe se rappela son mantra en soupirant, comme à chaque irruption d'un nouveau problème technique qui martelait sa vie au mas Horatia. Il faut avouer qu'il payait à cent vingt jours, plombiers et électriciens, selon les normes en vigueur dans les affaires mais non chez les particuliers. Oubliant tout effroi amoureux, il réorienta la plaignante :

— Je comprends. Le préposé à toute doléance domestique, c'est Ali, qui est également un génie de l'informatique. Donc les bourrages d'imprimante, c'est lui aussi. Je ne m'occupe d'aucune question pratique.

Quant à Pierre, il croyait encore au pouvoir souverain des rencontres et de la conversation. Pas question, donc, de consulter à l'avance la liste des invités sur le site Internet de la résidence comme l'avaient fait Séverine, Nadège ou Marc. L'apparition de Nadège à demi nue raviva le souvenir d'une extrême sensualité conjuguée à un immense ennui. Ils s'étaient rencontrés à la foire du livre de Brive-la-Gaillarde, dit le « salon du cholestérol », tant foies gras et autres mets du terroir y régnaient en maîtres. Entre eux, ç'avait été torride et joyeux. Une fois rentrée à Paris, quelle enquiquineuse, avec ses crises de jalousie absurdes – vu la fin de leur histoire –, en alternance avec ses soliloques sur ses travaux d'écriture! Il la rangeait dans le panier des « épuisantes ». Pierre sourit en repensant au soir où elle avait tenté d'escalader jusqu'à sa fenêtre, après avoir grimpé sur la verrière de son immeuble. Elle le soupçonnait d'être au lit avec une autre et elle avait bien raison; celle qu'il aimait était là, la fiancée chilienne dans le plus simple appareil. Celle-ci avait bien voulu croire à ses explications embrouillées: une fille lui avait demandé une dédicace en Corrèze, l'avait poursuivi, et maintenant elle hurlait dans sa cour. «Appelle la police si tu la connais à peine.» Pierre se retenait de rire. Il était quand même bien embêté; il détestait faire de la peine, encore moins à la femme de sa vie; celle avec laquelle il partageait sa passion de la littérature; celle qui comprenait, au fond, son donjuanisme de l'à-côté. Il la laissait très libre également, l'élégance du silence et l'Atlantique entre eux faisaient le reste. Aujourd'hui encore, dans la pénombre de la chambre, il suffisait d'une certaine lumière ténue pour qu'elle apparaisse comme il l'avait aimée, à vingt-cinq ans, finissant sa thèse sur Marguerite de Valois. Il retrouvait son grand sourire, son nez minuscule, le soyeux de ses cheveux. Les amours anciennes nous font remonter le temps comme un vertige heureux, songea Pierre. Finalement, elle avait eu cette phrase merveilleuse : « La nuit est jalouse de notre amour », et dans la cour, le calme était revenu ; Nadège était repartie. Pourquoi celle-ci lui avait-elle annoncé le lendemain qu'elle se mariait, après tout ce tintouin ? Mystère. Que faisait-elle ici, seule ? On verrait bien.

8

Sa plus belle histoire d'amour

> « — Quel fut le plus beau jour de votre vie ?
> — C'était une nuit. »
>
> BRIGITTE BARDOT.

Pendant près de deux heures, Marie-Liesse fit bouillir les carapaces pour en extraire le corail, puis, à feu très doux, elle déglaça longuement le jus, et l'incorpora ensuite à sa mayonnaise légère à l'aide d'une spatule. Elle avait émondé les tomates au four afin que leur peau n'altère pas, sous le palais, la douceur du crustacé. Sa mythique salade de homard aux tomates, associée à un chardonnay, plongeait chaque été les pensionnaires du mas Horatia dans un état de béatitude.

« Ooh ! » s'exclama Marc en s'apercevant que la chair du homard conservait la forme de sa carapace sur les dunes rouges des tomates. Jusqu'à ce soir, il n'avait jamais eu la chance d'en goûter. Comme Pierre et Hortense, il applaudit Marie-Liesse puis, sans savoir pourquoi, il songea à la salade crétoise qu'il choisissait systématiquement à la cafétéria de la Bibliothèque nationale. Cette salade du site François-Mitterrand n'avait de crétois que le nom, restant fidèle à l'adage : « Tous les Crétois sont des menteurs. » *Mais pourquoi revenir ainsi sur les déceptions du quotidien ? Je dois me laisser envelopper par l'instant présent*, pensa-t-il, fâché contre lui-même. Tout, ici, le réconciliait avec le réel. Le feuillage des mûriers platanes se rejoignait au-dessus de la table et formait un ciel d'ombre verte tandis que le jour déclinait à peine. Il y avait des fleurs comme des boules mauves piquées sur une tige – des agapanthes, il apprendrait leur nom plus tard. Et le groupe, si amical, était composé d'êtres passionnants, de femmes sublimes. Il se pencha pour regarder Hortense, son élue, plus loin dans sa rangée : elle semblait préoccupée. Pourquoi ? Il aurait aimé pouvoir l'aider. Le temps qu'il songe à tout cela, son homard avait disparu du plat. S'il s'était aventuré du côté de chez ses voisines, il aurait vu que l'animal privé de sa carapace avait migré dans l'assiette de Rose. Un peu triste, Marc prit quelques tomates. Quand il eut fini son entrée, il tenta de prolonger le délice irréel de la sauce corail en caressant l'intérieur de ses joues avec sa langue. *Un succédané*, se dit-il – pour une fois, il pouvait employer ce terme. Et il sourit. Aujourd'hui, dans le train, il avait bouclé le texte de son intervention au colloque. Il pouvait en être satisfait. Repos ce soir, donc, même s'il pensa avec anxiété aux mille mots quotidiens à écrire pour avancer sur son prochain livre. Il avait emporté son Scrabble.

— Et vous vous êtes fixé un petit programme d'écriture ? demanda-t-il timidement à Nadège, sa voisine, tout en regardant avec regret dans l'assiette de celle-ci la pince de homard alanguie pour une possible nature morte hollandaise.

— Je suis juste venue me relire, mon éditeur doit m'envoyer ses commentaires sur manuscrit par la Poste. Je ne lis pas sur ordinateur.

— Ah...

— Je vais me reposer, et participer à ce colloque, poursuivit Nadège d'une voix confiante mais pleine de modulations. Ils adorent mon travail chez Gallimard. Mon éditeur n'arrête pas de me faire des compliments ; c'est étouffant, parfois.

— Ah. J'imagine – il n'imaginait rien, la voix de la jeune femme était juste délicieusement théâtrale. Vous avez de la chance... Enfin, c'est votre talent aussi !

— Tout le mercure des océans va dans les crustacés, annonça Rose Trevor-Oxland en s'adressant à la table.

— Personne n'a jamais songé à s'en servir de thermomètre, rétorqua Pierre. Rodolphe éclata de rire, Hortense leva le nez de son téléphone vaguement caché sur ses genoux, tandis qu'un frisson inexplicable parcourait Marc.

— En tout cas, pas en France, conclut Rodolphe, égayé lui aussi par le vin.

Puis, après l'arrivée de la bouillabaisse, il tenta de lancer un sujet de conversation commun :

— Mais alors, dites-nous, chère Nadège, quelle est pour vous la plus belle histoire d'amour de Chateaubriand ?

— Lui-même. Sans hésiter.

Marc comprit qu'il n'entendait rien aux femmes.

— Mais, ma petite, ça c'est vrai de tous les hommes ! répliqua Rose du haut de son accent anglais. Quand on a dit ça, on n'a rien dit ! Sa plus belle histoire d'amour, c'est Charlotte Yves, la première ; l'Anglaise chez qui il habite pendant la Révolution française. C'est la seule qu'il n'ait pas trahie.

— Qu'est-ce qui vous permet de dire une chose pareille ? lança Pierre à l'autre bout de la table. Charlotte, c'est un amour de jeunesse. La femme qu'il a le plus aimée, c'est celle dont il n'a pu se lasser, la plus surprenante, la plus douée : Natalie de Noailles.

— Vous dîtes cela parce qu'elle est devenue folle ? ironisa Rose.

— Mais non ! Vous le savez bien, c'était une femme exceptionnelle : belle, cultivée, peintre, libérée de tout après l'épreuve de la Terreur. Une immense séductrice.

— Je suis d'accord avec Pierre, dit Hortense. Une femme qui convoque Chateaubriand à Grenade, pour s'offrir à lui, avec pour condition un pèlerinage à Jérusalem : on l'aime.

— Vous êtes sûrs que Natalie lui intima son pèlerinage à Jérusalem s'il voulait la retrouver ? demanda Séverine, timide mais habituée au maniement du passé simple à l'oral.

— Certain, répondit Pierre.

—Vous oubliez un peu vite Juliette Récamier, dit Nadège d'une voix de tragédienne.

Les avis et interventions de chacun se transformèrent bientôt en un immense brouhaha. « Non », « absurde », « impossible », « ça, sûrement pas »; on ne s'entendait pas – et personne ne s'écoutait. Sous les mûriers, les prénoms de Natalie, Juliette, Pauline, Hortense fusaient sans s'arrêter.

Rodolphe finit par faire tinter son verre avec son couteau pour calmer le groupe :

— Je vois que le sujet de notre colloque, *Chateaubriand et l'amour*, vous inspire. J'en suis ravi.

Il leva le sourcil.

— M. de Chateaubriand avait une sexualité abyssale, annonça Rose, flegmatique.

Séverine Baluze en rougit. Oona et Hortense eurent un fou rire :

— Comme tous les Bretons, confirma Hortense – née à Rennes et utilisatrice d'une appli de rencontres fondée sur la géolocalisation.

— Mais comment osez-vous parler ainsi du plus grand styliste de la langue française? s'écria Pierre, feignant d'être choqué alors qu'il regardait les cuisses d'Oona dénudées par l'hilarité.

Un pan de sa robe portefeuille avait glissé.

— C'est un compliment, *Sir*.

Avec les sorbets, la troisième double vodka de

Rose venait d'arriver. Un bouquet de feuilles de menthe qui flottait à la surface du verre la rendait candide comme de l'eau parfumée. Hortense s'hypnotisa sur son téléphone : Barracuda83 venait d'apparaître sur OkCupid. De grands yeux bleus qui lui dévoraient le visage, une coiffure de hipster, et une bouche d'Apollon. Irréel. Super mignon. Elle le *lika* avec frénésie, se retenant de lui envoyer un message.

— Ça dérape encore, reprit Rodolphe en brandissant de nouveau son verre et son couteau.

— Chers amis, le voyage a été éprouvant, déclara Rose et, sans écouter ce que l'hôte du lieu allait dire, elle souhaita bonne nuit à tous.

Pierre ne se mêla pas aux bonsoirs du groupe adressés à l'étrangère : sa rancune pour la valise britannique et inhumaine restait tenace. Son dos s'en souvenait.

Dans les photophores, les bougies finissaient de fondre.

Rodolphe détestait traîner à table : « Tous les membres du personnel ne dorment pas sur place, dit-il. Ils ont de la route à faire, il faudrait les laisser débarrasser. »

Hortense s'éclipsa, soudain trop impatiente de parler à Barracuda83. Il avait commencé à lui envoyer des messages, sympas, marrants même – « Je parie que tu vis à Paris, tu as l'air très élégante. » Peut-être qu'il pourrait la rejoindre ce soir, pas loin, à l'entrée de la plage des Salins, près du restaurant. C'était facile à trouver. Elle lui glissa son numéro de portable, elle pouvait lui parler dans cinq minutes. Il répondait à côté. Bizarre. Celui-là, elle ne voulait pas le perdre, c'était stressant. Que lui importaient, maintenant, les deux cent quatre-vingt-treize hommes qui l'avaient *likée* dans la journée? Lui l'appelait Jolie Sirène sans être cucul. *Humour et romantisme, le cocktail explosif*, se dit-elle en finissant son verre de rosé. *Les hommes sont d'habitude tellement ennuyeux.* Elle n'entendit pas Marc lui proposer une partie de Scrabble, ni ne vit bien sûr les coins de la bouche de l'universitaire s'affaisser de déception.

— Je pars m'enfermer avec les muses, annonça Pierre, satisfait d'avoir fait rire Oona, de son grand rire rauque et sympathique qui insufflait la jeunesse.

— Et moi, je vais rejoindre des potes sur le port, répondit la jeune fille. Ça ne sert à rien de sortir si ce n'est pas tous les soirs.

Irrésistible! se dit l'académicien.

Sous le regard indigné de Rose, Rodolphe s'arrangea pour accompagner Nadège jusqu'à sa chambre au bout du jardin; le voyage en train l'avait épuisée, elle se serait bien passée des problèmes de plomberie et de devoir changer de chambre. Il adopta un air passionné au récit de ses histoires de traduction au Portugal qui la minaient – un éditeur de Lisbonne hésitait à prendre son livre. La nuit masquait ses bâillements. Arrivée à son bungalow, elle souleva le rideau de camouflage recouvrant sa porte puis, lentement, elle tourna la tête vers Rodolphe. Il comprit qu'il était temps de l'embrasser. Ni l'un ni l'autre ne vit la chute des étoiles dans le ciel.

Sur la terrasse, Séverine en tête-à-tête avec une tisane aperçut un faisceau de lumière dans la nuit et lui demanda une « prompte maternité »; un enfant, dès que possible, par-delà tout principe de réalité ou de causalité. Les étoiles ne se moquent-elles pas, elles aussi, de ce principe?

Elle fut bientôt rejointe par Marc qui lui proposa une partie de Scrabble. Il rêvait déjà des cases étoilées des mots comptent triple. *Je peux perdre, mais je gagne toujours,* se dit-il en souriant. Une autre étoile filante le surprit. Son vœu fut de mieux connaître la fascinante Hortense qui s'était éclipsée, mais qui maintenant réapparaissait comme en ont le pouvoir les fées et les elfes : Barracuda83 ne pouvait pas, ce soir.

Autant que ses amours, le roman en cours d'écriture de Marc aurait eu bien besoin d'une marraine stellaire.

9

Un lourd secret

> « Les âmes qui portaient des souvenirs dis-
> paraissaient comme ces vapeurs que j'ai
> vues dans mon enfance sur les côtes de la
> Bretagne. »
> CHATEAUBRIAND, *Vie de Rancé.*

Tandis que les minuscules pattes et le museau du teckel prénommé Jean-Michel creusaient frénétique-
ment la pelouse, Marc et Rose, tous deux matinaux et
amateurs de petits-déjeuners, se retrouvèrent seuls
sous les mûriers platanes. Marie-Liesse apporta les
toasts :

— Aloreu, Mesdames, Messieurs les écrivains, on
est bien installé ?

— Tout est beige et blanc dans ma chambre, dit
Marc, c'est magnifique.

— Bieng. Et on a pu commencer à travailler un
peu ?

— M'en parlez pas, chère Marie-Liesse, c'est tellement long.

Marc rougissait, la journée d'hier avait filé comme un rien. Heureusement, Rose renchérit :

— Oui, c'est beaucoup de travail, une page écrite.

— Parceu que vous pensez peut-etreu que passer trois heures sur uneu blanquette de veau c'est facile ?! Vous au moins les livreus, c'est long à lire. Souvent plus long à lireu qu'à écrire !

— On peut le voir comme ça, vous avez raison, chère madame, répondit Marc.

Il resta dubitatif, puis, apercevant le nom de Trevor-Oxland écrit sur la petite pyramide de papier posée devant l'assiette de Rose, il osa :

— J'ai cru voir le nom de Chateaubriand associé au vôtre, pour un prix littéraire au Royaume-Uni... N'était-ce pas pour votre livre ?

— *Le Séducteur français* ? Non : il a simplement été sélectionné pour le prix de l'American Library, à Paris.

— Ah ? Tiens... Il me semble que c'était un prix au Royaume-Uni...

— Vous faites erreur.

Rose plongea le nez dans sa tasse de thé puis, ses œufs brouillés engloutis, elle disparut sans un mot dans son bungalow, travailler à sa biographie romancée de la comtesse de Ségur. *Rose n'a pas oublié les épines*, se dit Marc en mordant dans sa tartine. *Et elle n'a rien d'une mignonne !* Plus tragicomiquement, la personne qui raconte cette histoire doit à la vérité

67

d'expliquer qu'en plus de sa valise cloutée, Lady Rose transportait avec elle un lourd secret. Oui, l'élégante Albionne avait menti effrontément à son gentil voisin hypermnésique. Pour son livre *Le Séducteur français: Ravages de Chateaubriand sur les femmes anglaises*, publié d'abord à Londres sous le titre *The French Womanizer – Chateaubriand wandering in the UK*, chez MacLehose Press, elle avait bien reçu un prix littéraire, et pas des moins notables.

Rose Trevor-Oxland avait été lauréate du fameux *Bad Sex in Fiction Award* décerné par la célèbre *Literary Review*.

Pour l'innocent lecteur français, en voici sa description officielle, traduite de l'anglais par nos soins: depuis 1993, le *Bad Sex in Fiction Award* rend hommage à la scène de sexe la plus remarquablement épouvantable de l'année, dans un roman par ailleurs considéré de qualité. Attirant l'attention sur des passages de description sexuelle dans la fiction moderne mal écrits, redondants, ou franchement ignobles, ce prix ne couvre pas la littérature pornographique ou expressément érotique. Cette récompense a été créée par Rhoda Koenig, critique littéraire, et Auberon Waugh, à l'époque rédacteur en chef de la *Literary Review*.

Lors de la cérémonie de remise du prix, chacune des quatre scènes de sexe présélectionnées est lue avec emphase par un acteur. La cérémonie se tient au In & Out – Naval and Military Club –, club d'obédience militaire situé sur l'élégante St James's Square de Londres. Ce fut là, devant l'amiral Nelson à la manche vide si savamment pliée et cousue le long de son habit, et devant le prince consort Albert à tête de porcelaine si royalement aimée – on aura compris que c'étaient leurs portraits –, qu'eut lieu l'humiliation publique de l'autrice Rose Trevor-Oxland. Quatre cents invités appartenant au monde de l'édition de façon plus ou moins titularisée, entassés dans la chaleur d'un salon tapissé de rouge, hurlèrent de rire en entendant sa prose. Jeunes vêtus de fripes négociées à Portobello ou de shetlands mités, employés de l'édition, acteurs en quête de rôle piétinant la moquette rouge et fatiguée par amour sarcastique des livres… face à cet aréopage gorgé de cacahuètes aux traces organiques, de *sherry* et de *claret* pléonastiquement bon marché, le mot de « bohème » pouvait être prononcé. Mrs. Rose Trevor-Oxland avait osé une scène de sexe frénétique à l'intérieur de l'abbaye de Westminster où le jeune Chateaubriand en exil s'était trouvé enfermé. Pour un jury d'Anglais, ce n'était pas tous les jours.

Faisant fi de toute pudeur, nous ne résistons pas plus longtemps à l'envie de citer le fameux passage récompensé. Ce texte n'a-t-il pas été publié par une des plus honorables maisons d'édition britanniques ?

« *À l'exemple de Charles Quint, pensa François-René, je m'habitue à mon enterrement. La visite d'un fantôme, près du sarcophage de Lord Mountrath où il s'était couché, le fit frissonner. Il portait une lumière abritée dans une feuille de papier tournée en coquille. Face à la Mort armée de sa faux de marbre, le Français fuyant la Terreur brandissait la sienne. Il attira sans rien dire sur son linge de marbre, le pli d'un linceul, le fantôme à cheveux blonds. C'était une jeune sonneuse de cloche à bouche de vermeil ; leurs souffles se mêlèrent, le brouillard de la Tamise et la fumée du charbon de terre s'infiltrèrent dans la basilique et y répandirent de secondes ténèbres. Était-elle Jane Gray décapitée ? La carcasse de l'heureuse Alix de Salisbury ? Oui. Et aussi une sœur morganatique des enfants d'Édouard IV assassinés, ses voisins de tombeau qui se tenaient entourés de leurs bras innocents et blancs. Étranger à leur innocence, le vicomte la pénétrait de son menhir au rythme du marteau de l'horloge qui se soulevait et retombait sur l'airain. Il se sentait Henry VIII au camp du Drap d'Or ; les tournois, les fêtes vouées à l'oubli avaient recommencé. Lui, banni, vagabond, pauvre, prenait sa revanche sur ces morts fameux et rassasiés de plaisirs. La cloche tinta le point du jour, un immense cri de plaisir s'éleva dans Westminster.* »

La rumeur de ce triomphe sans précédent ne se répandit pas très loin, par manque d'amateurs de littérature, mais de St James's Square, elle put gagner St James's Street. Et ainsi Sir Randolph Trevor-Oxland, cinquième comte de Woolventry, frère de Rose et susceptible membre du White's, club nettement plus fréquentable que le In & Out – bien qu'arborant une même fascination pour le prince Albert et l'amiral Nelson –, Sir Randolph, donc, perçut-il dans l'air confiné du lieu les molécules flottantes d'innombrables éclats de rire à ses dépens : on les imaginera à la manière de plusieurs baignoires qui se vident simultanément. Woolventry surprit même quelques remarques comme : « Sa sœur n'est pas de marbre », ou encore, la plus cruelle car prononcée par *his grace* le duc de Rutland qui compte Richard III parmi ses gentils ancêtres : « Un Trevor-Oxland a finalement trouvé quelque chose à faire à Westminster. »

Loin de voir dans cette scène récompensée une illustration efficace, quoique un peu littérale, de l'érotisation de la mort chez Chateaubriand, Sir Randolph prit prétexte de ce regrettable cadeau du destin et de la littérature pour ne plus recevoir sa sœur Rose dans la demeure familiale peu chauffée et dotée de deux salles de bains pour dix-neuf chambres, où elle avait grandi, et à laquelle chaque jour depuis qu'elle avait été déposée au pensionnat le lendemain de ses sept ans, elle songeait comme à son paradis.

Et ce, en dépit de leur enthousiasme partagé pour le Brexit.

10

Rendez-vous avec Chateaubriand

« J'ai en moi une impossibilité d'obéir. »

CHATEAUBRIAND,
Mémoires d'outre-tombe.

C'est ça qu'il faut faire, se dit Rodolphe : *le jour du colloque, Hortense et Nadège doivent lire des lettres d'amour de Chateaubriand. Elles sont belles, ce sera un petit moment de théâtre.* L'été d'avant, les écrivains Jean-Paul Enthoven et Jean-Marie Rouart, de l'Académie française, avaient lu ensemble des lettres de la correspondance de Proust, le rôle des femmes épistolières étant tenu avec un certain humour par Jean-Marie Rouart. Ils avaient eu une *standing ovation* et M. le maire en avait pleuré d'émotion. Rodolphe souleva son sourcil droit, il pensait avoir bouclé ce sujet. Hortense trouva géniale cette alternative à une énième discussion, qui exigeait peu de préparation, et elle retourna dans sa crique de La Moutte ; elle laissait volontiers Nadège, qui avait eu cette idée, choisir leurs lettres. Elles présenteraient chaque femme en trois phrases avant de lire les mots qui lui étaient adressés.

Autrefois, Nadège avait sans succès préparé le Conservatoire. C'était après cet échec qu'elle s'était mise à écrire, et, en même temps, avait pris un travail jugé alimentaire. Elle alla voir le petit amphithéâtre à l'extrémité du parc. C'était un caprice imaginé par d'anciens propriétaires, peut-être une cinquantaine d'années plus tôt. Les pierres étaient devenues grises avec le temps, des aiguilles de pin jonchaient la scène, on devinait le bord de l'eau, les caresses immobiles des vagues. Une sensation d'oublié vous enivrait. Elle resta assise sur un gradin, comme allait le faire son public dans quelques jours. À travers les fines branches noires, tel le plomb des vitraux, on découvrait dans le contre-jour le bleu de la mer. *Je serai les maîtresses de Chateaubriand, une à une,* se dit-elle. *Peut-être saurai-je ainsi laquelle il a le plus aimée.*

Elle eut le déplaisir de voir arriver Rodolphe, de sa démarche calme aux genoux un peu fléchis. Il allait l'interrompre et la priver de son public. Il lui proposa de déjeuner sur une plage en sa compagnie. À quoi bon ? L'ancienne élève du Cours Florent ne voulait pas perdre une minute ; elle se contenterait du plateau-repas livré par Ali vers midi quarante-cinq.

Tenace, son soupirant revint frapper à sa porte en début d'après-midi :

— Comprenez-moi, Rodolphe, je dois m'imprégner de mes personnages, c'est important, toutes ces femmes forcément merveilleuses… On se verra ce soir au dîner. Promis.

—Vous êtes sûre ?

— Oui, et après aussi.

Il dut se contenter d'un baisemain sous le chant ironique des cigales : elles n'étaient pas les seules à chercher l'amour en été. Nadège retourna sur sa terrasse en bois terminée par un modeste escalier de pierres sèches. Le matin, elle l'avait emprunté pour accéder à une crique par un portail rouillé, puis elle avait nagé une heure en esquivant les rochers qui affleuraient à cet endroit de la baie. *Je vais leur prêter ma voix*, se dit-elle. *Il est temps de rencontrer ces femmes, d'aimer chacune. Quels ont été leurs sentiments, leurs émotions, leurs passions cachées ?* Vêtue d'un paréo noué sur sa nuque, elle s'assit dans le fauteuil d'osier et commença à prendre des notes. *Les vêtements des femmes de Chateaubriand ?* Elle songea aux seins presque entièrement dévoilés sous le Directoire. Une quasi-nudité avait tenu jusqu'au Concordat, et puis l'Empire, Waterloo, la Restauration et la pénitence, la censure et les vains accoutrements. Adieu l'évanescence, la douceur de vivre athénienne, la transparence des robes. Manches gigot, anglaises, taffetas et rubans à n'en plus finir ; des chapeaux extravagants, plein de

74

gros nœuds… De quoi étouffer sous les passions. Nadège enroula un turban dans ses cheveux, à la sultane, cachant ainsi sa frange ; elle songea à Mme de Staël, l'admirable qui avait tenu tête à la tyrannie de Napoléon, jusqu'à l'exil.

Sur une page blanche de son carnet, elle inscrivit le nom de femmes rendues célèbres des décennies durant, par l'amour, ou même le désir, que leur avait porté l'écrivain, sans jamais écrire *réellement* sur elles. Pauline de Beaumont, Delphine de Custine, Natalie de Noailles, Claire de Kersaint, Cordélia de Castellane… Chateaubriand avait l'amour proustien – elle songerait à madame Récamier plus tard. Le succès retentissant du *Génie du christianisme,* cette entreprise visant à faire aimer de nouveau la religion chrétienne de façon inédite, en montrant son lien avec les beautés du monde, avait apporté à Chateaubriand la gloire à l'âge de trente-quatre ans, et la gloire lui avait apporté ces femmes. Pécher entre les bras de l'auteur du *Génie du christianisme*… De quoi assurer leur salut ? *« Après tant de succès militaires, un succès littéraire paraissait un prodige ; on en était affamé. Je devins à la mode. »* La presse le surnommait l'Enchanteur, l'annonçant ainsi comme irrésistible séducteur. Le désir est triangulaire, on est toujours précédé de sa réputation, songea Nadège. Il laissait aux femmes des souvenirs impérissables. Elle nota en lettres capitales : « EXTRAORDINAIRE AMANT ? » Mais elles ? Qui étaient-elles ? Rien n'affleurait, il se gardait bien de les nommer dans *Mémoires d'outre-tombe* qui pourtant regorgeaient de noms pris dans le torrent de l'histoire. Il fallait chercher dans ce que Chateaubriand avait écarté de son manuscrit tout en se gardant bien de le détruire. Attendait-il de la postérité qu'elle s'empare aussi de ses amours ? Sûrement. Le souvenir de sentiments violents surgissait, même si cela restait ténu, discret, dans *Livre sur Venise* [1] : « *Si je cueille à la dérobée un instant de bonheur, il est troublé par la mémoire de ces jours de séduction, d'enchantement et de délire.* » Une phrase suffisait pour les lecteurs qui, eux aussi, avaient vécu des sentiments dont l'intensité se confond avec leur perfection ; ils hantent à jamais tous les autres. Tout était dit sur sa passion pour Natalie de Noailles à Grenade.

Qu'avaient traversé et vécu ces femmes avant de rencontrer le vicomte ? Elles possédaient le trauma en partage, les massacres de la Terreur avaient décimé leurs familles. Ces beautés nées sous les meilleurs auspices de l'Ancien Régime avaient connu les cachots, les vexations, les mauvais traitements, parfois le viol, dans l'attente de la lame froide de la guillotine. L'attente. Nadège en tremblait. Comment faire face, seule, à ces malheurs ? Chacune d'entre elles, qui des années plus tard s'oublierait dans les bras de Chateaubriand, aurait dû bénéficier d'une cellule psycho-

1. *M.O.T.*, livre VII, tome IV.

logique, mais ça n'existait pas à l'époque. *Je vais faire ressentir ce qu'elles ont été, c'est ma responsabilité, car moi aussi, comme ces femmes, j'ai tellement souffert ; je serai à leur place pendant ma lecture. Puiser en soi, dans son vécu, les sentiments de son personnage.* Fidèle à la bonne vieille méthode Strasberg, Nadège fouilla sa mémoire. Lui vint le souvenir, le fer brûlant du détachement de son mari. Tangible, visible, terrible. Évidemment, ce n'était pas comparable à la guillotine. On a les souffrances de son temps. Ça la contrariait… Elle se leva pour boire son thé glacé. Elle avait quand même souffert : les désillusions de son mariage, les humiliations sur l'argent, l'autre qui lui faisait toujours sentir qu'écrire des livres, c'était bien beau mais, au fond, ça ne remplaçait pas « un vrai job », comme il disait parfois, et « ses écrits, ce n'était pas Flaubert ». Il l'avait dit en plaisantant, mais il l'avait dit. Qu'est-ce qui lui avait pris, vingt ans plus tôt, d'épouser un homme enfermé dans la vie matérielle, sûrement jaloux de sa vie d'écriture ? Tout ça était terriblement banal, elle l'avait trouvé beau, intelligent ; l'éducation des enfants semblait l'intéresser, elle s'était laissé aimer. Maintenant, il adoptait un petit sourire ironique quand elle se réjouissait d'un article ou d'une traduction, puis il parlait de leurs enfants… L'humiliation restait. Elle pensa à cette phrase : « Souffrir passe, avoir souffert ne passe pas. » À quelle occasion une des filles de Louis XV, madame Louise, l'avait-elle prononcée ? Ce n'était pas grave de ne pas pouvoir isoler un fait précis, on n'était pas dans un tribunal; certaines phrases sont vraies car elles disent un climat, la vérité sur nous-mêmes. Même si les faits originels que nous tentons d'isoler nous semblent ténus avec le temps, cela n'a pas d'importance.

Il faut que j'aille à la rencontre de la souffrance de ces femmes autour de Chateaubriand, se répétait Nadège. Au sol, des carrés découpés dans les lattes de bois encadraient les troncs de petits chênes-lièges. Elle regarda la mer et le ciel. Des bleus parfaits. La beauté est la plus multiple, la plus forte. Il y a peut-être de quoi guérir de tout grâce à elle. Elle s'arrêta de songer au passé, elle écoutait les vagues. Elles éloignèrent sa mélancolie.

Que m'arrive-t-il? se demanda soudain Nadège. *Moi, une femme de gauche, me voilà en résonance avec ces héroïnes antimodernes? C'est insensé. Toutes ses maîtresses ont soutenu le retour de Louis XVIII, la réaction...* Une pause. Il lui fallait une pause.

Le courrier était peut-être arrivé et, avec lui, son manuscrit annoté par son éditeur. Elle enfila ses sandales et partit en direction de la cuisine interroger Ali. Le jardin était désert. On aurait pu imaginer chaque pensionnaire studieux dans sa chambre. C'était loin d'être le cas, même si les tête-à-tête avec Chateaubriand suivaient leur cours.

78

Hortense, longiligne, allongée sur le sable d'une petite crique de La Moutte, lisait des extraits de lettres d'amour de Chateaubriand choisies par Jean d'Ormesson, son meilleur allié. Elle s'en remettait à son expertise, et ces lettres étaient plus à son goût que les *Mémoires d'outre-tombe* en quatre volumes. Elle découvrait un séducteur du XVIIIe siècle attaché au discours de la passion ; un homme irrésistible car mêlant la mélancolie et l'humour, l'intelligence extrême alliée à une culture de l'Antiquité, la ferveur religieuse dans la transgression. Sa taille était modeste mais il avait un beau visage romantique, l'âme ardente, et il était déterminé à jouer un rôle dans le monde réel et âpre de la politique. Il s'était aventuré dans le Nouveau Monde et prônait la liberté des Lumières. Dans un monde en pleine réaction, il détonait. Originalité absolue. Il avait choisi de rester fidèle à la monarchie. La Terreur l'avait marqué à jamais. Les obstacles rendent les amours plus passionnées ; l'Enchanteur était marié. À Delphine de Custine : « *Je pense que je ne vous verrai pas aujourd'hui et je suis bien triste. Tout cela ressemble à un roman, mais les romans n'ont-ils pas leur charme ? Et toute la vie n'est-elle pas un roman et surtout un triste roman ?* » ; mais aussi : « *Je ne vis que dans l'espérance de vous revoir. J'aime à vous aimer. C'est Mme de Sévigné qui dit cela.* » Comment résister à des mots pareils, écrits par une star, le glorieux auteur du *Génie du christianisme* ?

11

Irrésistible

« Je vous utilise simplement pour me faire
souffrir. »

PETESKI.

Séverine tenait l'Enchanteur pour irrésistible, regrettant de ne pas l'avoir connu, mais, à cet instant, sur
l'étroit chemin des douaniers, le long du rivage, seuls
comptaient pour elle l'odeur des genévriers et le parfum chaud du sable mêlé à la terre, entre les parois du
fourré à hauteur d'homme qui lui dissimulait le reste
du paysage. Les épines de la garrigue éraflaient ses
épaules. Qu'importe. Un petit promontoire devant la
mer surgit tout à coup. Un tombeau sans croix, une
forme géométrique en granit qui ne possédait qu'une
inscription, « *Magna quies in magna spe* », semblait
l'avoir attendue. Elle s'arrêta. « Un grand repos dans
une grande espérance », traduisit-elle machinalement,
enchantée : le hasard lui offrait le jumeau méditerra-
néen du tombeau de Chateaubriand, une pierre nue,
muette, devant l'infinité de l'océan. Elle s'avança et

80

regarda le grand large, songeant à l'esprit d'aventure qui avait conduit Chateaubriand, tout jeune homme, à s'embarquer pour l'Amérique ; à cet appel de l'infini, des grandes traversées, évoqué encore au crépuscule de sa vie en racontant l'arsenal de Venise. « *Je ne puis regarder un vaisseau sans mourir d'envie de m'en aller.* » Quand Séverine tourna la tête vers le contrebas de la plage, elle aperçut un petit paysage noir de grottes rocailles, à la manière de celles du château de Hellbrunn, avec ses jeux d'eau baroque, la résidence des princes archevêques de Salzbourg visitée lors d'un voyage scolaire pour germanistes organisé par un collègue. Que d'évocations, en si peu de temps ! À mieux les observer, ces formes baroques noires étaient en fait des montagnes d'algues noires repoussées contre les rochers au bout de la baie. Deux enfants coururent vers elles et tentèrent de les escalader. Ils riaient, poussaient des cris en essayant d'agripper les algues. Leur présence joyeuse réjouit Séverine, avant d'être ramenée à un tas de végétaux sombres. Le halo d'espérances autour de nos existences, et qui fait d'un temps plat, sans repère, ce qui s'appelle le bonheur, venait de s'absenter. Cet état était de plus en plus le sien depuis que s'était éloigné l'espoir d'avoir un enfant. Elle accéléra le pas pour rentrer au mas Horatia. Marc venait à sa rencontre : quel gentil garçon !

Rose, elle, s'était bien gardée de quitter la base. Après un *shot* de Smirnoff, elle laissait au père de la future comtesse de Ségur le soin de brûler la Moskova face à l'arrivée de Napoléon. Et Oona? Elle *binge-watchait* en mode lecture rapide X 1.5, *The Assassination of Gianni Versace*, tandis que Jean-Michel poursuivait son travail de l'été : dix nouveaux mètres d'arrosage automatique venaient d'être arrachés de l'installation grâce à son museau en forme de pince et à ses pattes déchaînées. Marc parlait au téléphone avec le propriétaire de son appartement, tout en espérant oublier cette conversation à propos d'un mur à repeindre. Pierre se voulait fidèle au thème de *Chateaubriand et l'amour*. Allongé sur un transat devant sa chambre, c'est à Natalie de Noailles qu'il songeait – la passion de François-René. La liberté en amour rend une femme irrésistible. *Je suis bien placé pour le savoir*, se disait-il. Qu'allait-il raconter au public du colloque, cette année? Sa formation, qui faisait d'elle une enfant des Lumières? La belle Natalie avait étudié le dessin auprès d'un illustrateur fameux de l'*Encyclopédie* et le portrait dans les ateliers de David et du baron Gérard. Bien sûr, elle dansait admirablement. Et quelle libertine, comme sortie du roman *Point de lendemain*. Pierre saisit son carnet. « *Je suis bien malheureuse. Aussitôt que j'en aime un, il s'en trouve un autre qui me plaît davantage.* » Il avait noté cette confidence de Natalie trouvée dans les *Mémoires* de la comtesse de Boigne ; une lucide, une caustique qui avait épinglé toute la société de la Restauration ; on l'aimait pour ça. Dix jours le séparaient de son intervention, mais l'académicien posa son panama et, méthodique, retourna dans sa chambre pour enregistrer sa communication : ce serait fait.

Pierre inspira comme s'il allait chanter un cantique, puis il se lança, appuyant bien fort sur le sigle du micro de son téléphone : « Nous sommes en 1806, l'année du trouble et du rêve pour Chateaubriand. Le 15 août, Napoléon a posé la première pierre de l'Arc de triomphe, mais à l'automne, la Grande-Bretagne, la Suède, la Prusse et la Russie lui déclarent la guerre. Aussi inimaginable que cela puisse nous paraître aujourd'hui, à Paris, la vie continue : les réceptions s'enchaînent, on danse jusqu'à la veille de Waterloo. François-René de Chateaubriand et Natalie de Laborde se croisent. Elle est devenue par son mariage, comtesse de Noailles ; elle sera un jour duchesse de Mouchy. Le *Génie du christianisme* a comme anticipé le *Te Deum* à Notre-Dame, par lequel Napoléon enterre la Révolution. Le pouvoir se réconcilie avec l'Église, puis ce sera au tour du peuple. Tout de suite, elle lui plaît : des yeux indigo intenses, empreints d'étrangeté ; il faut imaginer ses boucles blondes, les modulations de sa voix lorsqu'elle chante l'Aricie de Rameau. La douceur de vivre de l'Ancien Régime, c'est Natalie. Elle a participé aux préparatifs du voyage de M. de La Pérouse. Dans le jardin de sa famille, au château de Méréville, dans la Beauce, Hubert Robert a placé des grottes, un moulin, des ponts extravagants, une colonne rostrale, le cénotaphe de Cook, et de hauts murs garnis d'espaliers comme à Versailles. Natalie porte l'idéal humaniste des Lumières, le rêve d'une connaissance encyclopédique. Une âme sœur de François-René. Elle a étudié la botanique avec Desfontaines au jardin des Plantes. Mais elle a aussi connu les prisons de la Terreur : son père est parti sur l'échafaud sous ses yeux. Son mari, un libertin dépravé, l'a abandonnée pour d'autres femmes alors qu'elle l'avait rejoint en exil à Londres. Malgré toutes ses souffrances, l'émerveillement de Natalie de Noailles reste intact. Son besoin de plaire aux hommes est maladif. Nous avons un témoignage de Mathieu Molé, ministre chéri de Napoléon et de Louis-Philippe : « *Sa grâce surpassait encore sa beauté. Soit qu'elle parlât, soit qu'elle chantât, le charme de sa voix était irrésistible. Sa coquetterie allait jusqu'à la manie. Elle ne pouvait supporter l'idée que les regards d'un homme s'arrêtassent sur elle avec indifférence. Je l'ai plus d'une fois surprise à table, cherchant avec inquiétude sur le visage des domestiques qui nous servaient l'impression qu'elle produisait sur eux.* »

Natalie, donc, pose son dévolu sur Chateaubriand. Nous sommes en 1806, l'aristocrate breton se dit libre, fou d'amour. Elle lui lance un défi : qu'il parte en pèlerinage à Jérusalem et, sur le chemin du retour, il la retrouvera en Espagne. Alors, oui, elle se donnera à lui : à Grenade. Pourquoi vit-elle en Espagne à partir du mois de septembre ? Son frère, le brillant

Alexandre de Laborde, prépare une somme sur les monuments espagnols : *Voyage historique et pittoresque de l'Espagne.* La Mouche, comme ses amis la surnomme, participe en tant que dessinatrice à ce projet encyclopédique. Pour François-René, Natalie incarne la femme idéale : la sylphide, cette femme imaginaire parée de toutes les qualités qu'il imaginait, adolescent, à Combourg. René part de Venise, traverse la Grèce, visite Constantinople, Jérusalem, Alexandrie, Tunis, navigue sur une Méditerranée en fureur, guidé par sa passion pour Natalie. Grâce à elle, il renoue avec le frisson de l'aventure. Elle fait de lui un héros stendhalien.

Marie-Liesse, plus modestement, fait retentir la cloche du dîner. « Parfait *timing*, assez pour aujourd'hui ! » s'exclame Pierre à l'instant où un « *Gosh!* » écœuré retentit chez Rose. Non, ce n'est pas possible d'abandonner ainsi Sophie Rostopchine, sa Sophie, au moment où son père déclare, au nom du tsar : « *Brûler Moscou plutôt que de l'avilir en la livrant.* » Sophie s'était réfugiée à la campagne et regardait l'horizon en feu. Elle avait treize ans. Pour montrer l'exemple, son père incendia aussi leur château de Voronovo où elle avait grandi. Il était là, le malheur absolu : c'était la perte de la maison. Puis, bientôt, la perte de tout, car la haine des aristocrates russes s'abattait sur sa famille tenue responsable des destructions ; elle serait acculée à l'exil en France.

Au diable le dîner !

La vie de Rose était là, dans ces moments d'effusion avec ses personnages, quand elle parvenait à les faire exister par une scène, un sentiment foudroyant. Alors, elle-même se sentait exister davantage, loin du flegme, loin des *behave* qui avaient martelé son enfance. Elle expédia un SMS à Marie-Liesse : « Aurez-vous un quignon de pain pour moi, plus tard ? » *Otherwise a liquid dinner will be fine*, songea-t-elle : il lui restait de la vodka et sa force d'adaptation. Quant à sa chère comtesse de Ségur, après le feu dévastateur de son enfance, elle donnerait indéfiniment la vision d'un monde stable, à l'ordre immuable, afin de rassurer ses petits lecteurs autant qu'elle-même.

12

Ce n'est rien

« Ma sœur, qu'ils étaient beaux les jours
De France !
Ô mon pays, sois mes amours
Toujours. »

CHATEAUBRIAND,
« Souvenir du pays de France ».

Quand Rodolphe, qui l'avait placée à sa droite, demanda à Nadège si elle avait passé une bonne journée, elle se contenta de répondre d'une voix inquiète :

— Mon manuscrit corrigé n'est toujours pas arrivé. Je ne comprends pas, mon éditeur l'a posté il y a cinq jours.

— Tu peux lui dire adieu : l'été, tout disparaît à la Poste de Saint-Tropez, annonça Oona.

— N'exagérons rien, rétorqua Rodolphe.

— J'envoie tout en DHL.

Ali apportait un plat immense et prometteur d'artichauts à la barigoule. Rodolphe lui demanda d'aller voir si une grande enveloppe n'avait pas été déposée par erreur chez le voisin :

— Ça va s'arranger, chérie, murmura-t-il à Nadège. Regarde, la lune se lève, on va voir son reflet sur la mer.

— C'est une semaine très difficile.

Pierre, auquel cette conversation n'échappait pas, souriait d'aise. Personne ne changeait, Nadège restait la même femme narcissique, insupportable, comme elle l'était déjà quinze ans plus tôt. Heureusement qu'elle l'avait quitté. Sa phobie du mariage l'avait sauvé.

— Je viens d'apprendre que mon roman va être traduit en anglais, poursuivit Nadège.

— Ça, c'est la consécration !

— Chez Knopf. Ils exigent que je raccourcisse mon texte.

— Pourquoi pas, les gens n'ont plus le temps de lire.

— Comment peux-tu me dire une chose pareille ?

Comme frappée par Méduse, Nadège regarda fixement devant elle, mutique. La lumière des photophores sculptait son visage. Rodolphe songea aux têtes figées des sarcophages, puis, en dépit de sa beauté, à l'iguane au soleil – un iguane avec une frange :

— Tu as raison, c'est inacceptable.

Trop tard, ce soir il dormirait seul. Il se tourna vers la voisine qui lui restait :

— Et votre grande promenade, Séverine, c'était comment?

— Merci : magnifique. Le chemin des douaniers est si beau. On a par endroits le sentiment de se faufiler à travers un véritable maquis ; on est ailleurs, dans *Colomba*, peut-être. Et puis soudain ce tombeau mystérieux, posé face à la mer, sur ce promontoire où on ne s'attend pas à trouver autre chose que la nature sauvage. C'est en fait celui d'Émile Ollivier, l'homme politique du Second Empire : je n'ai pas pu m'empêcher de songer à celui de Chateaubriand.

— M. Ollivier a dû y penser aussi !

— « *Magna quies in magna spe* » : c'est l'inscription sur la tombe ; les seuls mots de latin que je connaisse, dit Oona : « Un grand repos dans une grande espérance. » Je me les répète à Paris quand je suis dans mon lit à onze heures du mat', et dehors la pluie tombe, c'est horrible. La grosse pluie presque jaune, tu vois ?

— Qu'est-ce que vous avez vu d'autre en marchant vers le phare de La Moutte ? demanda Rodolphe pour faire diversion.

— Après le tombeau, dans l'anse qui suit celle des Salins, j'ai vu des hommes nus sur une plage et j'ai compris que c'était une plage de nudistes.

Qu'est-ce qu'il me prend de raconter une chose pareille, s'inquiéta Séverine. Trop tard, Oona riait déjà avec Hortense :

— Ils ne vous ont pas embêtée, au moins ?

— Non, la plupart de ces personnes lisaient, ou semblaient dormir.

— Je serais curieux de savoir ce que lisent ces gens-là, lança la frimousse émoustillée de Marc.

Il se délectait des traits nouveaux que venait d'adopter le visage de sa ravissante Hortense en riant aux éclats.

— Je n'ai pas réussi à lire le titre de leurs livres, avoua Séverine.

Oona et Hortense sursautaient sur le banc, prises d'un fou rire incompréhensible pour Marc. Hors des livres, les sous-textes lui échappaient la plupart du temps. Nadège, elle, restait « sarcophagisée » dans ses coupures américaines.

— Ici, il y a du côté de Pampelonne et du côté des nudistes, lança Pierre, plus par politesse que par intérêt pour cette conversation éloignée de Proust.

Vite, trouver un sujet général convenable pour faire oublier mes égarements, songea Séverine :

— Dans le train, j'ai lu *Bonjour tristesse* de Françoise Sagan. Pour le décor des plages du Midi.

— Moi, « *cet été-là, j'avais dix-sept ans et j'étais parfaitement heureuse* », ça m'a trop énervée : j'ai jeté le bouquin, rétorqua Oona.

Elle termina sa phrase par son ricanement habituel et bizarre qui provoquait une décharge de fatigue chez Séverine.

— C'est une tragédie sous le soleil, déclara Nadège d'outre-tombe.

— Ne t'inquiète pas, ma Nadège : je ne suis pas comme l'ignoble fille imaginée par Sagan ; je n'ai jamais déclenché la mort de personne... Même pas d'une fourmi !

— Je sais que tu m'apprécies.

— Et, bout à bout, j'ai passé deux ans de mon existence en thérapie, donc moi c'est bon : j'ai tué le père, je suis ravie qu'il vive sa vie avec toi. Grave.

Rodolphe leva les yeux au ciel.

— *Bonjour tristesse* se passe dans une villa blanche qui se trouverait plutôt sur la Côte d'Azur. Françoise Sagan n'a commencé à fréquenter Saint-Tropez qu'après le succès de son roman, précisa Hortense qui vénérait Sagan.

Du fait de la présence de Séverine, qui l'avait mal jugée quand elle était sa professeure, elle soignait ses propos. Ce n'était pas désagréable ; au passage, elle réparait un peu son image de soi.

— C'est toujours une récompense de venir ici, cher Rodolphe !

Pierre leva son verre, les autres l'imitèrent.

Un osso bucco arriva dans la nuit, comme un tribut à ce beau sentiment qu'est la reconnaissance. Ses molécules d'orange s'échappèrent vers la lune. Ce soir, elle répandait un grand secret d'espérance.

— C'était grave idiot de balancer le bouquin, dit Oona à Séverine. Moi qui veux écrire, je dois être attentive à la « *progression psychologique des personnages* ».

Elle reprenait le terme favori de la prof de *creative writing* qui avait endormi les moutons dans son université américaine de troisième catégorie.

— Puis-je vous demander ce sur quoi vous écrivez ? hasarda Séverine.

Loin de prendre Oona pour la fille de Rodolphe, elle tentait d'imaginer son style depuis son arrivée, croyant à une jeune écrivaine pensionnaire comme elle, se disant que son écriture devait résonner de son exubérance baroque.

— Un roman sur les Gilets jaunes.

Bluff. Le mot « bluff » remplit l'esprit d'Oona jusqu'à son dernier millimètre de tissu cellulaire. Pourtant, ça faisait des semaines qu'elle osait y penser, à sa future fiction. Des semaines qu'elle prenait des notes sur des cahiers qu'elle perdait, rachetait, retrouvait. Elle lisait tous les articles de presse et d'Internet, regardait d'innombrables vidéos et comptes Instagram de cette pieuvre géante au cœur de l'actualité française, chaque samedi depuis neuf mois. Quand les premières manifestations avaient commencé, ça l'avait intrigué. C'était nouveau, ces mecs costumés sur les ronds-points qui défendaient leur SUV diesel. Rien à voir avec les États-Unis, où la question des *civil rights* obnubilait les gens ; là-bas, les revendications de droits civiques ne s'accompagnaient jamais de revendications de salaire minimum. Elle y avait vécu, et les Américains s'accommodaient tout à fait de l'injustice économique. En France, c'était l'inverse. On voulait du fric, sur les ronds-points, du pouvoir d'achat. Elle avait questionné des amis de Rodolphe, des journalistes, des éditeurs, lors d'un dîner chez lui :

— C'est qui ? Vous les connaissez ?

— Des jaloux, des envieux, des *nobody* !

Ils avaient répondu comme s'ils s'échauffaient pour chanter *Frère Jacques*. *Ils croupissent dans l'entre-soi, éclatés au sol*, s'était dit Oona.

Un autre cours d'un trimestre sur « Michel Foucault et l'origine de la pensée *woke* » lui était revenu. En finir avec les porte-parole : on y était. En finir avec ceux qui ne parlent pas pour les autres, mais à leur place. Les directeurs des pages culturelles de magazine du dîner ne cachaient pas leur mépris pour ces révoltés de la France périphérique, ces jaloux, ces populistes. C'est sûr qu'on était loin du merveilleux peuple du *Contrat social* de Rousseau. Celui-là, celui du cours de philo, il était *clean* – abstrait, donc *clean*.

De sa voix timide et encourageante, Séverine la sortit de ses pensées :

— Votre sujet est d'actualité. Peut-être pas ici, bien sûr…

— Ce qui est loin de moi m'intéresse. Mais ça ne

va pas être loin longtemps : ils vont débarquer à Saint-Tropez. Ils arrivent. On les verra peut-être sur le vieux port avant le colloque.

— Ma fille rêve de voir la tête de son papa au bout d'une pique, ajouta Rodolphe un peu gêné.

—Toujours aussi drôle.

— Ça t'amuse de voir des voyous piller les boutiques où tu claques tes dividendes ?

— Qu'est-ce que c'est, à côté de la dureté de la vie au quotidien de millions de gens ? Tu ne les as pas entendus à la télé : le 20 du mois, il leur manque quinze euros pour le finir, ce mois.

Rodolphe pensa à la donation – la sienne – qui permettait à sa fille chérie de ne plus le prendre au téléphone quand il avait des choses désagréables à lui dire sur son oisiveté prolongée, passé vingt-cinq ans. Quel con il avait été : plus moyen de lui couper les vivres, donc plus de menace. « Puisque je te dis que je vais écrire un livre ! » Elle n'avait pas commencé, bien sûr ; elle commençait tout et ne finissait rien. La calligraphie persane, ça avait été le pompon après le *pop-up store* de céramiques artistiques. « Bien sûr que je n'ai pas encore d'éditeur avant de commencer ! Ni de prix Goncourt ! J'ai juste un carnet où je prends des notes depuis deux ans. » Et elle lui avait raccroché au nez. L'actualité, en famille, ça permet de s'engueuler pour esquiver. Les Gilets jaunes, le réchauffement climatique, les trottinettes à Paris et les migrants, sans compter la Hongrie, c'est pratique, ça évite de parler de ses tares ou de ses lâchetés.

— S'il n'y avait pas les trente-cinq heures, expliqua donc Rodolphe à ses pensionnaires, en particulier à l'hôpital, les infirmières gagneraient mieux leur vie. Leurs taux horaires ne sont pas mauvais, si on les compare à leurs équivalents en Europe. Mais elles font moins d'heures.

— Et dans des conditions inacceptables car, après les trente-cinq heures, personne n'a embauché dans les hôpitaux, ajouta Pierre.

— C'est pour ça que le gouvernement leur balance du gaz quand elles manifestent? C'est pourri.

Face à tant d'hostilité, Séverine voulut leur venir en aide:
— Le monsieur de la résidence est votre père?
— Ouais. Parfois je me demande, mais ouais. Enfin, j'attends les résultats de nos tests ADN. Ils vont arriver.

Elle ricana.
— Il y a un air de famille, maintenant que vous me le dîtes.
— Le petit nez et les grosses lèvres africaines. Ma voix de fumeuse, je la tiens de ma mère. Et de moi. On se tutoie?

Elle tira sur sa Kool sans menthol.
— J'ai l'impression que quelque chose d'irréversible se passe, qu'on est au crépuscule, pas toi? À ta

place, j'aurais envie de dire à mes collègues profs d'histoire : à quoi bon enseigner tout ce passé lointain, la guerre de Cent Ans, Napoléon ; on a changé de monde, mecs !

— Chaque époque a peut-être l'impression de venir après un saut immense. Une rupture quantique. Regarde Chateaubriand : « *Je me suis retrouvé entre deux siècles comme au confluent de deux fleuves ; j'ai plongé dans leurs eaux troublées, m'éloignant à regret du vieux rivage où je suis né, nageant avec espérance vers une rive inconnue.* »

— Grave.

— Vous savez, pour votre roman sur les Gilets jaunes, poursuivit Séverine, il y a les pages de *L'Éducation sentimentale* sur la révolution de 1848 qui peuvent vous être utiles : vous vous souvenez, quand le peuple entre dans les Tuileries, au début pour voir ; puis la foule trop nombreuse casse des choses par inadvertance… Ça peut vous aider pour décrire les événements de l'Arc de triomphe. Et puis, je ne sais pas quel sera votre personnage principal mais, avec la distance qu'apporte Internet, une fois dans les événements, il peut être comme Frédéric Moreau ; il peut avoir l'impression d'assister à un spectacle.

— J'ai décidé de m'intéresser aux Gilets jaunes quand notre président de la République a parlé « des gens qui ne sont rien ». J'avais voté pour lui. J'étais trop dégoûtée.

Rodolphe soupira, puis continua :

— Le président Macron va sauver l'Europe, mais un mot maladroit prononcé par un adulte et, pour ma fille, c'est la fin du monde.

Moïse, un jour, dût toiser Pharaon, et douter de la communauté de leurs gènes. Oona fit de même avec Rodolphe.

Pierre s'immisça :

— Je crois que c'est l'agressivité de Trump et de Poutine qui va sauver l'Europe.

Bien sûr, il partageait les convictions de Rodolphe, mais il ne voulait pas que la rebelle à t-shirt tête de mort ne lui échappe :

— Oona, vous devriez lire un passage magnifique des *Mémoires d'outre-tombe* où Chateaubriand critique ses camarades royalistes, lorsqu'ils disent d'un paysan de passage : « *Ce n'est rien.* » Je l'ai dans ma chambre.

— Dites-moi où, je vais le chercher.

— Pas besoin ! Je me souviens à peu près du passage, rétorqua Marc.

Enfin, il allait briller devant Hortense ! Celle-ci guettait toujours un message sur son téléphone.

— Ça se passe à Londres chez le chargé d'affaires du futur Charles X. On dit à Chateaubriand : « *Ce n'est rien : c'est un paysan vendéen porteur d'une lettre de ses chefs.* » Et le vicomte, d'écrire : « *Cet homme, qui n'était rien, avait vu mourir Cathelineau, premier général de la Vendée et paysan comme lui ; Bonchamps, en qui revivait Bayard.* »

Pierre soupira avec ostentation.

97

— Je raccourcis ! « *Il avait vu périr trois cent mille Hercules de charrue, compagnons de ses travaux, et se changer en un désert de cendres cent lieues carrées d'un pays fertile.* [...] *Dans la cohue du parloir, j'étais le seul à considérer avec admiration et respect le représentant de ses anciens Jacques qui, tout en brisant le joug de leur seigneur, repoussaient sous Charles V, l'invasion étrangère.* »

Pierre lâcha :

— Écoutez, ça suffit, on a compris !

Mais Marc ne pouvait plus s'arrêter :

— « *Il avait l'air indifférent du sauvage.* [...] *Il ne parlait pas plus qu'un lion ; il se grattait comme un lion, baillait comme un lion...* »

Un silence gêné envahit l'air. Bon Dieu ! Qu'est-ce qui lui avait pris, une fois de plus ? Toute cette mémoire concentrée, cela faisait peur, forcément. Les mots oubliés revenaient sous l'apparence de fantômes.

— Ça me le rend énorme, votre Chateaubriand. Je l'imaginais en vieux royaliste.

Gentille Oona.

— Vous avez raison, il est royaliste ! Et jusqu'à la fin, absolument fidèle aux Bourbons. Mais, sur la question des libertés, il n'est pas là où on l'attend : il a toujours défendu la liberté, notamment celle de la presse, sans compromis, jusqu'à perdre tous ses mandats publics et ses rentes.

— Il était fait pour la monarchie parlementaire,

dit Pierre. Je vais le rappeler au colloque, c'était un homme des principes de 1789. Un vrai.

— Je le tiens pour un marginal, reprit Marc; j'insiste sur ce terme : un marginal au milieu des partisans de Charles X, mais aussi des anciens révolutionnaires et des bonapartistes. Cette phrase : « *Sans la liberté, il n'y a rien dans le monde* », elle est de lui. Vous la connaissiez, Oona?

— On peut se tutoyer, Marc?

— Bien sûr! Décidément, à Saint-Tropez, on se tutoie beaucoup.

— Il ne serait pas pétri de contradictions, votre Chateaubriand? conclut la voix sifflante de Rodolphe qui suivait Nadège vers la terrasse.

— C'est pour ça qu'on l'aime! s'exclama Séverine.

— Et que ses maîtresses l'adoraient, lui décocha Nadège en mode demi-torpeur.

Puis elle remercia Ali qui lui apportait une très grosse enveloppe de papier kraft, d'une voix épuisée, comme si l'employé venait de la sauver des griffes d'un alligator. Si elle n'avait pas été happée par l'ouverture de son enveloppe dont elle finit par déchirer l'extrémité avec lenteur, Nadège aurait entendu Marc devisant encore avec Séverine sur l'engagement politique de Chateaubriand :

— Est-ce que tu connais ce texte hilarant où Maurras traite Chateaubriand d'anarchiste?

— Formidable! Et quand Chateaubriand traite la

Révolution de « *piscine de sang où se lavèrent les immoralités qui avaient souillé la France* » ?

—Toute la complexité du personnage est là.

Ils étaient aux anges.

La conversation des deux universitaires se perdit dans la nuit, tout comme celle d'Hortense chuchotée à Oona ; Barracuda83 ressurgissait dans l'océan cristallin des écrans de téléphone avec un questionnement impérial : « Tu fais koi ? »

Si Oona avait partagé l'omniscience du narrateur de cette histoire, elle aurait entendu Pierre, un cigare à la main, rassurer Rodolphe sur la terrasse : « Les Gilets jaunes ne viendront pas à Saint-Tropez, ça les fait trop rêver. On n'attaque jamais ses rêves, on attaque ses frustrations. »

13

L'oreille coupée

> « Les années passent… un jour je me sou-
> viendrai de ma vie comme d'un roman que
> j'ai lu il y a longtemps… »
>
> GABRIELA MANZONI,
> *Comics retournés* (2016).

Mon chien va être le premier chien de l'histoire à se suicider. Ce sera à quatorze heures vingt sur le parking des Canebiers interdit aux caravanes. Il tire sur sa laisse à s'étrangler. Jean-Michel est tellement sensible, il sent qu'il y aura un avant et un après. Moi, à force de cuire en attendant *Monsieur* Goran – le mec a insisté sur le *Monsieur* –, je ne sens plus rien. « Apprenez à dresser votre chien seule » : un échec total, ce tutorial. Encore une idée délirante dont j'ai la spécialité. Quarante mètres de tuyau d'arrosage arrachés, six charognes, et cinq urgences vétérinaires, je me suis résignée à appeler un professionnel du chien. Maintenant, je meurs de chaud, là, tout de suite. Je pourrais être en train d'écrire mon roman, ils me stimulent bien, tous ces écrivains à la maison. Ils sont encourageants, pour une fois. Elle est gentille la prof à lunettes, Séverine, avec tous ses conseils, à m'imaginer, moi ou mon personnage – c'est pareil –, comme au spectacle parmi les Gilets jaunes... Je lui pardonne. Je pourrais aussi ne rien faire, déjeuner sur une plage – tout le monde est à la plage, à cette heure-ci –, boire des piscines de rosé, les pieds enfouis dans le sable soyeux. Écouter beaucoup de remix : je m'entraîne à penser comme je vais écrire, ça promet. Mais non, je me punis. Me voilà en PLS dans un paysage usé de parking, à fixer la poussière des bambous décatis. J'avais pas vu les boîtes aux lettres penchées sur leurs tiges. Il y a encore des lettres d'amour qui arrivent là-dedans ? Il en reste peut-être à l'intérieur. Une pour moi ?

— Il faut un endroit neutre pour que l'animal n'ait plus ses repères.

M. Goran a insisté.

— Ah bon, mais pourquoi ?

— Vous êtes éducateur canin, Mademoiselle Berjac ?

OK, mec, tu es mon maître. Autoritaire, méprisant, ridicule, et les questions, c'est toi qui les poses. *I like.* C'est ce qu'il faut à Jean-Michel pour qu'il arrête de creuser. Passer sa vie à chercher des trésors, tout ça pour trouver des morts-vivants. Il avale des mulots, des trucs en décomposition. Il en tombe malade, ça va le tuer, lui aussi, cette addiction. Il paraît que les chiens finissent par ressembler à leur maître. Mon Jean-Michel est aussi mal élevé que moi. On va tout reprendre à zéro, m'a prédit l'éducateur. Pour moi, c'est cuit. *Too late.*

Dressage au zénith. Merci pour le rendez-vous. quatorze heures, l'heure du parking désert. Le matin, M. Goran n'est pas libre : « Je dresse les chiens-loups des vigiles. » Ému à l'évocation des chiens-loups. Du lourd. De toute façon, je ne me serais jamais levée : j'ai vingt-six ans, c'est l'été, je dors. Pendant la conversation, je me suis grave sentie obligée de me justifier sur le prénom de mon chien ; j'espérais le faire sourire comme les écrivains en résidence – l'habitude de vouloir me faire aimer :

— On appelle les enfants Pollux ou Médor, mes potes ont des prénoms qu'on donnait avant aux animaux, alors Jean-Michel, pour un teckel, j'ai trouvé ça top.

— Vous faites ce que vous voulez, Mademoiselle Berjac. Moi, mon métier, c'est le dressage. Ne soyez pas en retard.

Et il a raccroché.

Un facho.

C'était bien la peine de me la jouer *Goran ou l'impatience* : vingt minutes que j'attends. Est-ce que tu vas venir, Rambo ? J'ai dû l'énerver au téléphone, il m'a prise pour la gâtée avec son chien débile. Une de plus. Celle de trop. Qu'elle crève dans la canicule, « schlaguée ». Il doit faire quarante degrés avec la réverbération. Un rendez-vous sur l'asphalte brûlant, comme dans les S.A.S. Zéro ombre, c'est intenable. Je vais être la plus jeune victime de la canicule 2019. On a les records qu'on peut. J'aurais dû garder la voiture pour attendre dans la clim ; quelle idiote de m'être fait déposer.

— Il y en a marre Jean-Michel !!!!! Arrête avec cette laisse !!! J'en peux plus !

Il va me déboîter le poignet à tirer sur sa laisse, mais il s'en fout. Tout ce blanc sur les bambous, on se croirait chez mon ex… C'était trop bien. Ah, voilà le maître-chien. Pas trop tôt, mec. Il arrive et on n'est pas déçu : treillis glissé dans les rangers, deux heures de muscu par jour, cheveux rasés – idéal du Moi Diên Biên Phu, dirait mon psy. Il marche droit, droit vers moi ; c'est ici le défilé du 14 Juillet, cette année ?

J'aimerais bien savoir pourquoi le légionnaire du klebs a pris son Tupperware. Et l'énorme sac en toile de surplus, c'est pour quoi ? Un pique-nique sur le parking ? Le déguisement de super-héros ? Merci du *blind date* dans l'arrière-décor… Ah non, ce doit être des sucres pour chien, genre : « la pédagogie par la récompense » ; cette belle invention qui m'a conduite au désastre.

Le dresseur s'approche. Dédain à mon Jean-Michel :

— Bonjour, Mademoiselle Berjac, je vois qu'on a du travail.

Jean-Michel agite la queue de bonheur, il aime les *bad boys*. Chien à blaireau : c'est ça que ça veut dire, *dachshund*. Le Kaiser avait le même.

— J'ai été ralenti par un rassemblement de Gilets jaunes à la sortie du Muy.

Factuel, on ne râle pas. Il doit les soutenir, le diesel comme déclic. Je ne vais pas lui dire que, moi aussi, il fait trop chaud pour l'idéologie.

Goran regarde à peine le Jean-Michel, pourtant excité par cette belle rencontre.

Et soudain :

— Pas bouger.

Ses mots tombent comme une hache sur le cou de mon amour. La boule poilue s'arrête net, sidérée. Monsieur G. m'ordonne de retirer sa laisse, puis s'accroupit et ouvre sa boîte en plastique. Une odeur pourrie s'en échappe ; rien à voir avec du sucre, je vais m'évanouir. En revanche, je n'ai jamais vu Jean-Michel comme ça : aimanté par la chose dans la boîte, un truc rose en forme de triangle ; genre : un jour tu rencontres un concentré de tous tes désirs. Je veux ça en pilule pour les humains. L'odeur est atroce. Je vais mourir de cette odeur. Une fin de vie nulle devant un eucalyptus rongé par le sel. Juste avant la tombe, j'ose quand même :

— Qu'est-ce que c'est?

— Oreille de porc. Pas toucher.

Goran jette l'oreille en l'air. Jean-Michel se précipite comme un fou. Dès qu'il l'attrape, M. Goran sort une énorme casserole de son sac, tellement rapide, et la balance avec fracas sur le macadam. Je sursaute, Jean-Michel encore plus.

— Retournez Maîtresse!!!

Mon chien est sonné. Dire que ça se passe dans la baie de La Madrague, cette cruauté animale.

— Pas toucher.

Plus calme :

— Retournez Maîtresse.

Mon teckel de *love* écarquille les yeux. Fachosphère jette l'oreille dix fois de suite. Dix fois, mon chien recommence. Dix vacarmes de casserole atroces, pires que des coups de poing dans le pif. Dix « Retourner Maîtresse ». Dix « Pas toucher ».

— Je vais te passer l'envie de charognes, moi.

Il y a aussi les tuyaux d'arrosage, mec. Dans une vie antérieure, mon dachshund a été ingénieur hydraulique, c'est sûr. C'est une affaire de réincarnation. Et maintenant, Jean-Michel préfère sursauter d'angoisse que d'abandonner sa proie; ce chien n'est pas mon fils pour rien. Il va finir demi-mort sous les bambous du parking. « Pas toucher. » « Retourner

Maîtresse. » Encore une casserole balancée par terre et on se casse.

Mais c'est terminé. Le dompteur remet l'oreille de porc dans la boîte et sort un sucre pour Jean-Michel qui lorgne le Tupperware avec regret :

— Ça va être long mais l'animal est de bonne volonté. Il faut qu'il comprenne que la seule sécurité, c'est Maîtresse.

Il parle de moi. Grave flattée. Je le raccompagne à sa Kangoo ; « ça va être long » égale « ça va me coûter le PIB du Soudan ». Qu'est-ce que ça veut dire, la bonne volonté pour un chien saucisse ? Et qu'est-ce qu'il y aura dans le Tupperware la prochaine fois ? Je n'ose plus poser de questions. Sur son tableau de bord, je vois un gilet jaune en boule ; M. Goran est solidaire du mouvement. Il pourrait me faire un personnage, celui-là. J'ose :

— Vous aussi, vous êtes avec eux ?

— Je ne fais pas de politique, Mademoiselle Berjac. Mais j'aime pas qu'on me dicte ce que je dois faire.

— Vous devriez leur dire de venir à Saint-Tropez. Sur le port avec tous les yachts.

Premier sourire du maître-chien, la voix s'adoucit :

— Là-bas, ce n'est pas vraiment la France.

107

— Vous passez le message à ceux du Muy? Ou j'y vais?

— Je vous déconseille.

Il mate mon short en jeans déchiré.

— Les Gilets jaunes à Saint-Tropez : ça leur donnerait une visibilité internationale. Les excès du capitalisme mondialisé, c'est ici qu'ils se manifestent.

— À vendredi, Mademoiselle Berjac.

M. Goran démarre dans un nuage de poussière. J'en ai plein le nez – ça recommence. Demain, je laisse Jean-Michel à Marie-Liesse ; elle lui fera un chateaubriand saignant, tant pis pour le réchauffement de la planète, mon cœur a tellement froid. Et moi, j'irai sur le rond-point. Pour la fin de la civilisation, je veux être aux premières loges.

14

Les posidonies

« Mme de Mouchy sait que je l'aime, que
rien ne peut me détacher d'elle. »
CHATEAUBRIAND, lettre à Mme de Duras.

Nadège n'avait pas touché à son plateau du déjeuner.
Prostrée sur sa terrasse, elle fixait la multitude de
petites feuilles du camouflage dissimulant son bungalow. Ces ailes de papillons clonés par milliers s'agitaient au vent, épinglées à leur treille de plastique. Le
manuscrit annoté par son éditeur gisait au sol. Un
moment béni avait existé entre elle et son éditeur,
Emmanuel Deschamps. Il lui avait dit, marquant un
temps pour plus de solennité : « Je vais faire des commentaires sur votre texte, peut-être vous demander
quelques coupures car quatre cent cinquante-sept
pages, c'est beaucoup, mais c'est vous qui aurez le
dernier mot. C'est important que vous le sachiez,
comme il faut que vous sachiez que j'ai une immense
estime pour votre travail d'écrivain. » Quinze jours
plus tard, elle recevait par la Poste son texte annoté.

Un carnage de coupures. C'était comme s'il lui demandait de tout réécrire ; de s'amputer des quatre membres. Le camouflage rappelait les soldats américains blessés en Irak que l'on montrait souvent aux informations.

Au diable l'écriture ! Pierre Doriant reposa manuscrit et stylo, et s'empara d'une paire de tongs violettes oubliées dans le placard. Elles étaient minuscules pour lui, mais il parvint à les enfiler. Ses grands doigts de pied poilus dépassaient largement de l'arrondi en caoutchouc à l'avant et, à l'arrière ses talons aussi. Aucune importance, à cheval donné on ne regarde pas la bride. Ne pas résister à la tentation impliquait pour Pierre d'agir vite : plus qu'aucun serment de travailler, une longue liste de choses le tentait davantage et, parmi elles, les caresses du soleil, l'eau salée à 3,7 pour cent qui annule la gravité des corps, les coquillages pilés, les grands sacs « vacances propres », la présence hypothétique de poissons, et, surtout, les sirènes dévêtues sur le sable qui devaient l'attendre. Il était presque cinq heures de l'après-midi.

Sur le chemin raviné qui le menait à la plage, bombé par endroits, semé de gros cailloux pointus, Pierre avançait maintenant dans une démarche étrange, entre celle du héron et celle du kangourou. Il effleurait à peine le sol. Juché sur la pointe des pieds et souriant, il faisait des pas en diagonale afin d'éviter les petites pierres acérées, sautillait par endroits, s'arrêtait net pour contempler les pins parasols tordus par le mistral, puis repartait. Le plaisir d'avoir emprunté des chaussures au lieu d'en acheter dépassait largement le désagrément de se faire piquer les orteils. L'absence d'embarras, la satisfaction même, que l'on pouvait lire sur son visage, laissaient penser que cette allure étrange était sa façon habituelle de se mouvoir, faisant de lui un être à part au sein de l'espèce humaine bipède. Une Mini Moke rose le doubla, conduite par une jolie blonde qui riait. Quel endroit merveilleux!

Arrivé aux murets de la plage, le velouté du sable chaud sous ses doigts de pieds fut un soulagement. Il était essoufflé. À la racine d'arbustes à épines, des lis de mer blancs de chaleur, plantés entre les pierres au hasard du vent, l'entraînèrent vers de vagues souvenirs du livre d'André Pieyre de Mandiargues qui portait ce nom. *Le Lis de mer*: la Méditerranée, les inversions d'adjectifs un peu baroques, se mêlaient à une image de l'écrivain qu'il avait eu la chance d'approcher, jeune homme. Un personnage élégant lui revint à l'esprit et, avec lui, la pesanteur de son propre corps éprouvée un après-midi après avoir fumé de l'opium dans son bureau, rue de Sévigné. Qui lisait encore Mandiargues et ses jeunes filles à la sensualité compliquée, dévergondées par des pervers? Et lui, qui lirait ses livres, dans quarante ans ? Il fallait se résigner, l'éternité est un leurre.

Comme si une main autoritaire lui avait arraché son exemplaire du *Lis de mer* à couverture orange – une édition en poche des années 1970 –, la vision d'Oona et Hortense seins nus sur le sable sortit Pierre de sa rêverie. Il ne voyait pourtant que leurs dos. Puis il eut le déplaisir de voir une vilaine forme blanche : c'était Marc. Le structuraliste de service propulsait de sa bouche en cul-de-poule des jets de paroles vers les deux jeunes femmes qui semblaient les laisser parfaitement indifférentes. Bien fait. Oona fixait la petite île posée en face de la plage des Salins, tout en égrainant du sable de sa main gauche. À quel été songeait-elle ? Pierre l'ignorait. Hortense enduisait d'huile solaire ses longues jambes et ses épaules arrondies. On aurait dit qu'elle visait un effet lutteur grec, ce que son huile trop vite absorbée permettait difficilement. La répétition du geste, devoir étaler des couches et des couches, commençait à l'agacer – mais pas autant que Barracuda83, porté disparu depuis trente-six heures. Il finirait par réapparaître, c'était toujours comme ça, et leur premier rendez-vous suivrait. Serait-il aussi beau qu'en photo, en vrai ? Il devait avoir vingt-sept ans maximum. Cinq ans de moins qu'elle. Et alors ? Elle regarda encore son téléphone : un Olivier l'avait *likée*. Pas mal. Cravate bleu ciel, bizarre mais pas mal. Dans sa description, il citait simplement René Char :

« *Impose ta chance, serre ton bonheur et va vers ton risque.*
À te regarder, ils s'habitueront. » Ça méritait un *like*, on
verrait bien.

Marc observait Hortense discrètement, fasciné. Il
en oubliait l'impression de poulet pas cuit que lui
avait renvoyée la vision de son propre buste lorsqu'il
avait ôté son t-shirt violet. Il aurait pu embrasser la
trace de son pied dans le sable ; il aurait pu lui dire :
« Je vous ai toujours aimée. » Mais Pierre parla le premier.

—Vous me rappelez Emma Bovary, lorsqu'elle
s'enduit de Cold Cream avant de retrouver Rodolphe.

Cette superposition d'images émoustilla l'académicien et choqua Marc.

—Très spirituel, répondit Hortense concentrée
sur son vaporisateur d'huile solaire.

— Le topless, c'est le dernier rempart contre la
burqa : c'est pas dur à comprendre, ajouta Oona.

Les pensionnaires en résidence n'entendirent pas
Hortense glisser à son ami :

— On doit déjà se prendre la tête avec Chateaubriand, on ne va pas en plus se farcir Flaubert.

La grande littérature hantait moins sa personne
que l'envie de bronzer pour Barracuda83, même s'il
la *ghostait*. Elle jeta un millième coup d'œil à son téléphone et reprit son automassage à l'odeur douceâtre
de musc, sans prêter attention à Pierre. Marc la regardait toujours. Jamais, il n'avait vu de si près une aussi

113

jolie femme presque nue. Son grain de peau était exquis. Un miracle que la réalité cruelle dissiperait sûrement.

—Vous voulez vous baigner, Oona? demanda Pierre.

— Pas tout de suite, merci. Je dois travailler. Ça m'arrive, faut pas croire!

— On n'en doute pas, lui glissa la gentille Séverine qu'aucun homme n'avait remarquée, en dépit d'un costume de bain une-pièce au plissé intéressant.

Oona sortit de son sac un stylo et un cahier dont les feuilles l'aveuglaient au soleil. *Les filles rigolotes passent tout le temps pour des oisives*, se disait-elle. C'est injuste. Injuste mais pas grave. Pierre étendit sa serviette sur le sable mêlé de touffes d'algues séchées. Puis il s'assit, appuyé sur ses deux coudes, en observateur de la chute de reins des jeunes femmes. Il avait gardé sa chemise de lin et son panama.

—Tous les jours, je me demande la même chose, dit Oona sans quitter sa page : comment commencer?

— M'en parle pas!

Hortense, allongée, goûtait la chaleur du soleil sur ses paupières closes en se demandant si Barracuda83 aimait les préliminaires.

—Vous évoquiez *Madame Bovary*, dit Marc. Je trouve que le départ, avec la casquette de Charles, est le début de roman le plus fascinant qui soit.

— Grave, dit Oona, histoire de dire quelque chose.
Fixant les jolis plis des paupières d'Hortense,
Marc bomba le torse et se lança, toute timidité refou-
lée :

— « *C'était une de ces coiffures d'ordre composite, où
l'on retrouve les éléments du bonnet à poil, du chapska, du
chapeau rond, de la casquette de loutre et du bonnet de
coton, une de ces pauvres choses, enfin, dont la laideur
muette a des profondeurs d'expression comme le visage d'un
imbécile. Ovoïde et renflée de baleine, elle commençait par
trois boudins circulaires ; puis s'alternaient, séparés par une
bande rouge, des losanges de velours et de poil de lapin ;
venait ensuite une façon de sac qui se terminait par un poly-
gone cartonné, couvert d'une broderie en soutache compliquée, et d'où pendait, au bout d'un long cordon trop mince,
un petit croisillon de fils d'or, en manière de gland.* »

Pierre le toisa : ce premier coup, il ne l'avait pas vu
arriver.

— Je l'avoue, je suis hypermnésique, dit Marc en
baissant les yeux.

Machinalement, il prit une poignée de sable et la
fit glisser de sa paume refermée comme d'un sablier.
Une posidonie séchée resta dans sa main.

Hortense ne daignait pas ouvrir les yeux. Marc
continua de plus belle, espérant gagner un zeste d'attention. Si cet être céleste ouvrait au moins ses jolis
yeux :

— Dès le début, avec cette casquette, on est dans l'indescriptible. Aucun équivalent ne parvient à décrire cet objet. Flaubert dit l'échec de la syntaxe : on ne progresse que vers l'indéterminé. C'est tout le mystère du personnage Charles Bovary qui est ainsi posé. C'est une idiosyncrasie.

À chaque tournure compliquée, Pierre soupirait bruyamment – ce dont Marc, bien sûr, ne se rendait pas compte :

— Cette casquette pathétique est à Charles Bovary ce que le bicorne est à Napoléon. Et puis tous ces verbes : nous avons une narrativisation de la description.

— Bien un truc de prof! lança Pierre.

— Ça ne me dit pas comment je commence, ajouta Oona.

— Vous allez paralyser nos jeunes autrices. Qui vient nager ?

Personne ne répondit. Marc poursuivit :

— Notez le mélange de mots exotiques, *un chapska*, et de banalités, l'alternance entre l'opacité et la transparence. « *Des profondeurs d'expression comme le visage d'un imbécile* » : Paf! La métonymie devient analogie. – Hortense ferma davantage les yeux. – Mais ce n'est pas tout : vous avez remarqué, les reformulations successives de Flaubert ?

— On dirait moi qui cherche la bonne phrase, lâcha Hortense.

L'ange avait parlé! Marc saisit ses paroles d'or :

— Ne vous y méprenez pas, Hortense, le choix d'une parataxe donne ce sentiment d'échec de toute description.

— Là, je suis « *schlaguée* »! dit Oona.

— Une parataxe, c'est une juxtaposition de propositions sans mots de liaison, comme s'il n'y avait aucun lien entre les équivalents de la casquette.

— On s'en fout! remarqua Pierre, suffisamment fort pour que tout le monde entende.

— Dès la première page, Flaubert nous livre son fantasme ultime d'écriture : une écriture proliférante, mais une écriture sur rien. La casquette est un objet purement textuel, elle n'existe pas en vrai!

— Je n'aime pas m'arrêter deux heures sur une page quand je lis, dit Hortense. Ça me rappelle un peu les cours de Mme Baluze. *No offense*, Séverine. Il n'y a que l'histoire qui m'intéresse.

— Mais oui, dit Pierre. On s'en fiche! Ce qui compte, c'est d'écouter la musique des mots. C'est la spiritualité de Flaubert qui nous enchante, la passion d'Emma, ses rêves… Franchement, tout votre salmigondis, c'est un truc pour emmerdeurs. Parataxe : mon cul, oui!

Et l'académicien, énervé, s'allongea sur le sable en soupirant, son panama sur le visage.

— La logique textuelle l'emporte sur toute référence, conclut Marc, chuchotant mais sûr d'être du bon côté des lecteurs de Flaubert.

— Je ne vois pas à quoi elle ressemble, cette casquette, dit Hortense.

— Je vous la dessine ! s'écria l'universitaire.

— Oh ! Il ne fallait pas le relancer ! lança Pierre.

— Regardez !

Maussade, Hortense accepta d'ouvrir les yeux et se redressa pour fixer le doigt de Marc qui dessinait sur le sable. Il commentait chaque élément du chapeau en s'efforçant de ne pas loucher sur les seins de la jeune femme – deux belles *tirankas* :

— Et pour finir, voici le long cordon trop mince et le petit croisillon de fils d'or.

— C'est visuel, la littérature ! dit Oona.

— Ça ne me dit pas par quoi je vais commencer mon livre, marmonna Hortense, pas trop fort pour éviter que Pierre ne l'entende – ça ne faisait pas sérieux. Elle n'avait pas écrit une ligne depuis son arrivée, puisqu'elle se considérait secrètement en vacances.

Elle se rallongea, bougonne, en saisissant ses écouteurs d'iPhone dans son baluchon. Deux minutes plus tard, tout en se faisant péter les tympans sur fond de rébellion grâce à Nirvana, elle regardait son appli OkCupid. En une demi-heure, trente nouveaux types la désiraient, de Seattle à Istanbul, en passant par Prague. Mais ce bombardement amoureux ne remplaçait pas un rendez-vous possible avec le beau Barracuda83. Elle regarda sa photo, prise au bord de l'eau dans le soleil couchant. Le sourire était irrésistible et il se trouvait à Saint-Tropez. Où pouvait-il se cacher ?

À vingt centimètres d'elle, Marc croyait avoir œuvré pour son salut auprès de l'ange inaccessible qui scintillait au soleil, prêt à s'envoler en apothéose sur une musique qui ne devait rien à la forme grégorienne.

Pierre, lui, humait la bonne odeur de paille de son chapeau tout en songeant à son livre. *Il faut être audacieux,* se disait-il. Pour la première fois de sa vie, il commencerait son roman par une scène d'amour. Qui l'avait fait avant lui ? Personne. La scène d'amour un chouïa *hot* entre Chateaubriand et Natalie de Noailles, dans la carriole espagnole tirée par six mules, lancée à toute allure sur la route au départ de l'Alhambra. Oui, c'était ça la solution. Dès la première page, casser l'image de l'écrivain hiératique, du grand paon ennuyeux. Installer l'Enchanteur dans une sensualité inattendue, amusée, dans le tumulte charnel qu'il avait en fait bien connu. Combien de fois n'avait-il pas cherché l'aventure d'un soir ? Il ne s'en cachait pas : ses *Mémoires d'outre-tombe* débordaient de remarques sur le corps des inconnues croisées au cours de ses voyages. Ou alors la scène se passerait dans une maison, à Grenade. Il poserait le décor de la chambre. Haute de plafond avec des corniches mordorées, des draps de lin blancs, une odeur de paille et des persiennes entrouvertes, pour que les rayons de soleil obliques inondent le lit. Bon, attention aux clichés sur l'Espagne pittoresque et sa sempiternelle lumière dorée. *Les rayons du soleil sont toujours obliques*, songea Pierre en souriant. Natalie, la maîtresse de Chateaubriand, aurait le corps d'Hortense. Il fixait la jeune fille à côté de lui, l'air de rien. Ses épaules rondes, son ventre qui se changeait en creux lorsqu'elle s'allongeait. *C'est plus drôle de prendre un modèle récent*, se dit-il, songeant que Nadège avait vieilli de quinze ans depuis leur dernier après-midi d'amour. Il avait bien fait de sortir s'aérer un peu sur cette plage ; il venait vraiment d'avoir une bonne idée. Et ce n'était pas beaucoup de travail, sa scène existait déjà, au chapitre IX : il suffisait de la déplacer au début, en ajoutant quelques détails sur le physique de cette femme jeune qui avait rendu l'écrivain ivre de bonheur, avant les premiers signes de sa folie. Son roman était pour ainsi dire fini. Après cette séance avec les muses, il méritait son bain de mer :

— Personne ne vient nager ?

Hortense et Oona refusèrent ; Séverine n'osa pas. Pierre partit néanmoins guilleret, ses livres étaient ses meilleurs amis. Il s'élança dans l'eau tiède en fermant les yeux, dans une sorte de brasse coulée hybride d'une élégance modeste. Ses mouvements de tête pour entrer et sortir de l'eau, comme si sa vie en avait dépendu, restaient excessifs. C'était Juliette Récamier

qu'il voyait nue à cet instant, dans la blancheur lai-
teuse de *La Grande Odalisque* peinte par Ingres. Elle
l'accompagnait sous l'écume. Les images défilaient, il
pensait à un autre portrait d'elle : celui avec un drapé
orange dans une alcôve. La pose semblait négligée,
une fesse à peine posée sur une chaise. On l'imaginait
prête à repartir, pieds nus, abandonnant le baron
Gérard qui l'immortalisait. Juliette Récamier était
l'icône de beauté de l'Empire ; Chateaubriand l'avait
aperçue au sommet de sa splendeur, à la dérobée,
chez Mme de Staël, et elle n'avait pas prêté attention
à lui. Il n'était personne. Seize ans plus tard, l'Enchanteur s'en souvenait encore. Et puis, à l'âge de
quarante ans, elle était devenue sa maîtresse lors
d'une promenade dans la forêt de Chantilly. Elle avait
été la femme de la dernière partie de sa vie, celle à qui
il lisait ses écrits, chaque jour, dans son petit appartement de l'Abbaye-aux-Bois – là où aujourd'hui se
trouvait la charmante rue Récamier à Paris, avec ses
palmiers de jardin d'hiver, porteuse de cette passion.
Juliette : celle qu'il avait voulu épouser, devenu veuf
d'une femme qu'il n'avait jamais aimée. Qui avait dit
d'eux « *on va cesser de vivre et on s'aime encore* » ?

Loin des beautés Empire ou de l'amour éternel,
Pierre percuta de la tête un bloc mou et résistant. Ce
n'était pas un gros poulpe ni un loup de mer, mais
l'autrice Rose Trevor-Oxland. Excellente nageuse,
elle pratiquait le crawl chaque jour, casquée d'un

bonnet de bain et de grosses lunettes qui semblèrent à Pierre celles d'un pilote de *Spitfire*. Tamponnée en plein kilomètre lancé, elle hurla sous l'eau, puis à la surface. L'écrivain s'excusa avec élégance. Ce n'était pas assez. Lady Rose pesta dans sa langue natale. Quand les femmes s'énervent, c'est toujours crescendo, même nimbées de mille gouttes de Méditerranée. Était-ce si compliqué de circuler parallèlement à la plage ?! Ce crétin avait fait sauter ses bouchons d'oreille ; de l'eau envahissait ses tympans. L'otite tant redoutée ne tarderait pas, et elle n'avait pas ses gouttes antibiotiques... L'admiratrice de la comtesse de Ségur finit par repartir en professant des insultes de hooligan sur penalty abusif. Ses menaces de représailles laissèrent Pierre en état de sidération. Il gagna péniblement le ponton qui flottait dans la baie, parvint à monter l'échelle, et se laissa choir sur les lattes en plastique. Pourquoi la vraie vie était-elle si souvent imparfaite ?

15

Grâce à Philippe Sollers

> « Vous avez attendu de moi des choses aussi impossibles que celles que j'attendais de vous. »
>
> MADAME DE LA FAYETTE,
> *La Princesse de Clèves.*

Le vent et le frôlement des algues sur le sable effaçaient dans la nuit la casquette de Charles Bovary comme une pauvre chose. D'une fenêtre entrouverte de sa chambre, Séverine entendait frissonner un olivier dont le feuillage caressait la vitre. Son ombre recouvrait la petite bibliothèque d'un grillage de nuit et de lune. Des livres dormaient sur les rebords de maçonnerie blanche, le long des murs. *Trésor d'amour.* Ce titre poétique attira Séverine, incapable de trouver le sommeil. Le livre s'ouvrit de lui-même à cette page, comme si, les années venant, il en eût pris le pli en attendant sa venue. Séverine aperçut le nom de Stendhal et, croyant aller à sa rencontre, elle lut d'une traite : « *J'imagine Stendhal, au début du XXIe siècle, ouvrant un journal, et découvrant ainsi,* *stupéfait, que la plus grande banque de sperme d'Europe, Cryos, se trouve au Danemark et doit répondre à des demandes de plus en plus importantes. Son directeur de cinquante-cinq ans qui avoue avoir choisi ce métier parce qu'il a rêvé, une nuit, d'un océan de sperme congelé* [...]. *Voici ce que dit ce banquier spécial: "*[...] *les singles, qui ont souvent plus de trente ans, représentent de trente à quarante pour cent de la clientèle. "* »

Bien que choquée par cet étalage d'humeurs assez dégoûtant, que sa fréquentation du style de Chateaubriand ne lui avait pas permis d'anticiper, Séverine poursuivit. Certains paragraphes semblent n'avoir été écrits que pour nous : « *Le modèle est bien entendu américain, avec quatorze mille grossesses depuis huit ans, et un taux de réussite de plus de trente pour cent. La cliente, avant de recevoir sa commande, a le choix entre trois cent neuf géniteurs. Les informations sur les donneurs portent sur leur ethnie, leur religion, leur taille, leur poids, la couleur de leurs yeux, leur niveau d'éducation, leur métier, leur groupe sanguin, leurs goûts, leurs lectures. Un envoi rapide à domicile de "non infected human semen ". Un des privilèges, pour les clientes, est d'avoir accès à une photo du donneur lorsqu'il était enfant. Regardez ce joli poupon à l'âge d'un an, Nick : il est maintenant diplômé de l'université de Yale. Ses qualités sont énumérées : "Il est toujours de bonne humeur et prêt à discuter, il s'exprime bien et aime voyager. "* »

Moi aussi, j'aime voyager, pensa Séverine ; *moi aussi, j'aimerais avoir un enfant d'un ancien élève de Yale, même si je ne l'ai pas encore rencontré, pas même lors de mon année là-bas, en doctorat, malgré les articles que je publie chaque année sur la littérature du XIXe siècle dans la* Yale Review.

Elle sortit prendre l'air dans le parc désert. Ce bonheur possible d'avoir un enfant, d'avoir enfin ce trésor d'amour, c'était si fort qu'il lui fallait le partager avec le bruit des vagues, avec le vent, les pins ; avec la lune, aussi – peut-être avec tout l'univers.

16

Rude

« La trop grande disproportion des conditions et des fortunes a pu se supporter tant qu'elle a été cachée; mais, aussitôt que cette disproportion a été généralement aperçue, le coup mortel a été porté. »

CHATEAUBRIAND,
Mémoires d'outre-tombe.

De près, la rondeur des pins parasols ressemble plutôt à un assemblage d'aiguilles piquantes, un bouquet de fines sarbacanes. Dément! Dès que deux lignes qu'elle venait d'écrire lui paraissaient correctes, Oona regardait par la fenêtre de sa chambre. Ce besoin de sortir du livre participait à son désir de vivre, de mêler la vie à la littérature. Elle n'avait jamais regardé un arbre ainsi, mais tout ce qu'elle constatait, c'était l'état de l'avancée de son roman sur les Gilets jaunes : inexistante. *Si je veux terminer mon chapitre, je dois d'abord haïr toute cette nature. Elle m'attire comme une sorcière trop belle. Quel écrivain, déjà, a dit appliquer le même principe que les aviateurs de la Luftwaffe pendant la* *guerre pour achever son livre : ne jamais quitter sa base, même quand on ne vole pas, même en période de repos ? Je dois être obsédée par mes pages. Je ne manque pas de choses à raconter. J'ai même du sensationnel.* Oona pensait à la vidéo reçue sur WhatsApp au mois de mars : *Lettre ouverte au 16ᵉ*. Un Gilet jaune de trente-cinq ans à moitié chauve, qui parlait plutôt bien, fixait la caméra : « *On sait où vous êtes, on sait où sont vos écoles, on va vous trouver, on vous prévient, ça va être un carnage, donc soit vous acceptez enfin le partage de la richesse, c'est-à-dire que vous nous rendez les trois quarts de ce que vous avez volé, soit vous paierez pour les autres.* » C'était bizarre comme il prenait son temps en parlant, déjà une prise d'otage en soi ; Oona en avait eu des frissons. Elle ne faisait pas le lien, mais, comme tout le monde, elle avait vu des années plus tôt la vidéo de Ben Laden dans sa grotte. Cette violence inédite, une menace de meurtres surgie dans son téléphone, entre deux blagues obscènes illustrées envoyées par des amis, lui avait donné envie d'écrire autour des Gilets jaunes. Ou alors, c'était peut-être sa réponse au dédain, cinq mois plus tôt, manifesté par les amis importants de Rodolphe quand Oona les avait questionnés, intriguée par l'apparition à la télévision d'un homme vêtu d'un t-shirt sur lequel était écrit « MEN* », et qui ne faisait que rappeler leurs revendications sur le prix du diesel.

Tout le monde était mal à l'aise face à ces gens ayant commencé à se proclamer « Les sans-culottes ».

« Ils ne veulent pas savoir ce que coûte à la collectivité une journée d'hôpital, lui martelait Rodolphe, ou leur enfant en classe de 5e. En France ce qui est gratuit n'a pas de valeur. »

Oona trouvait ça bien, la métamorphose d'une protestation contre l'augmentation du prix de l'essence et contre la limitation de vitesse, en une protestation démocratique en faveur du référendum d'initiative citoyenne – la démocratie directe fantasmée grâce à l'immédiateté d'Internet. Cette notion d'acte choisi par les Gilets jaunes, ça lui avait plu. Les événements portent en eux l'intuition de leur dimension fatale, de leur tragédie ; l'inconscient circule aussi dans la France dysorthographique sans accent maghrébin. Il y avait du mis en scène, de l'irréel.

Oona regarda une fois encore la vidéo du militant qui menaçait d'égorger les enfants du 16e arrondissement à la sortie des écoles. En gros, les bourgeois allaient payer pour les très riches, inatteignables : « Ceux-là, disait le maboul de la vidéo, ils sont là-haut, dans leurs hélicoptères. » Sa voix trahissait une admiration, un rêve d'enfant. Est-ce que ce type faisait partie du groupe des Invalides qui avait sagement fait le tour du tombeau de Napoléon ? Napoléon, ça marchait toujours : de haut en bas, c'était la fierté, alors qu'à l'Arc de triomphe, dans le magasin de souvenirs, ils avaient défoncé une allégorie de la Liberté, le moulage d'une partie de la grande sculpture *Le Départ des volontaires de 1792* de François Rude... tout en s'auto-proclamant sans-culottes. Qui était-ce, ceux qui avaient cassé les symboles, le magasin de souvenirs, l'image de l'image? Encore du Warhol tout ça, la toute-puissance de l'image, la dérision de tout.

Et les caméras? Qu'est-ce qu'elles ont donné? On n'a arrêté que des lampistes; ils auront trois mois avec sursis, pas plus. C'est qui, ces iconoclastes de la République? Personne ne peut me répondre. À croire que toute la société veut préserver leur anonymat, comme Flaubert avec ses révolutionnaires de 1848; à croire que, moi aussi, j'écris le grand livre du rien. Elle a raison, Séverine, avec son *Éducation sentimentale.* Juste un petit journal local de Besançon a fait l'effort de retrouver celui qui a vandalisé l'Arc de triomphe et se fait appeler Le Sanglier: chômage et extrême droite, renvoyé de l'armée; il vit chez ses parents, j'ai vu des canaris sur le papier peint de sa chambre. Avec le gars de la vidéo terreur, ça me fait deux personnages. Mais c'est le briseur de statue qui m'intéresse – sachant que c'est peut-être un simple accident, un projectile, un camé. Ils ont dû prendre leur pied, sous la flamme du soldat inconnu; passer là où le monde entier venait de commémorer la fin de la Première Guerre mondiale quelques semaines plus tôt. Hystérie collective. Et tout ça pour jeter les fleurs de la tombe... Seule la fiction peut faire quelque chose de gestes pareils.

« On a voté pour les réformes, même pour le diesel et la vitesse », me disent mes amis énervés contre les Gilets jaunes. Le président de la République les a laissés tout casser pour les rendre impopulaires, à force. Il paraît qu'on appelle ça « jouer à l'élastique ». Ensuite, pour montrer sa bonne volonté, il s'est offert une deuxième campagne électorale, et il a enfin découvert les Français, et ça a marché, les flots de redistribution aidant. Un clou chasse l'autre, je sais bien qu'on va oublier les manifestations. Le seul événement qui restera de toutes ces années 2010, ce seront les attentats islamistes, le Bataclan, Le Petit Cambodge… Et on verra pour les années 2020. Je ne crois pas trop à la fin de l'histoire. La cloche du dîner sonne. Le « seum » ! Ma page est toujours à moitié blanche après quatre heures de travail. Tout ce que je sais faire, c'est rêvasser. La conversation, ça va aussi. Je vais aller rejoindre les Gilets jaunes là où ils sont, sur le rond-point du Muy, comme ça je les verrai de près. Et je vais les convaincre de venir là où l'injustice économique triomphe : à Saint-Tropez.

17

La mort du roman

> « Je me cite, je ne suis plus que le temps. »
> CHATEAUBRIAND, *Vie de Rancé.*

Les petits farcis n'y faisaient rien : tout le monde était de mauvaise humeur ce soir-là, faute d'avoir bien écrit. Même le gentil Marc : mille mots quotidiens, à quoi bon ? se demandait-il. Le poème « Mignonne allons voir si la rose » traversa son esprit ; tous ses sixains défilèrent les uns après les autres alors qu'il regardait le nez pointu de l'Anglaise au nom de fleur piquer les glaçons secoués dans son verre de vodka. *Que d'épines !* conclut-il. L'air boudeur d'Hortense ne lui échappait pas. Qu'avait-elle ? Elle devait souffrir, se débattre comme une licorne avec les mots. En effet, l'absence des mots de Barracuda83 sur son téléphone lui donnait cet air morose. L'arrivée du message suivant, venu du gars sur OkCupid qui avait cité René Char, acheva l'autrice trentenaire pour la soirée : « Je travaille chez un fabricant premium d'outils portables et de services pour le BTP et je m'occupe de leur logistique pour l'Europe de l'Ouest. Et vous ? » Énervée par cette langue moche et aliénée de l'entreprise qu'elle-même n'avait pas supportée, elle lui répondit : « Alors René Char, c'était juste pour le Printemps des poètes ? » À l'heure où vous lisez ce livre, le logisticien a trouvé l'âme sœur mais il y repense, parfois.

Tous les pensionnaires avaient supplié Marie-Liesse de refaire ses beignets à la fleur de courgette. Mais seul un grand silence perlé de coassements de grenouilles les accueillit sous les mûriers platanes. Pierre Doriant, qui d'habitude avait la gourmandise joyeuse, attira son attention :

— Ben, vous en faites une têteu, Monsieur l'académicien !

— Ah, vous vous souciez de mes états d'âme, Marie-Liesse ; vous au moins vous êtes gentille. J'ai passé des heures et des heures sur une scène, le moment où Chateaubriand découvre que Natalie de Noailles est devenue folle, cliniquement folle, dans une grotte idyllique dessinée par Hubert Robert. Je viens de la relire : tout est à refaire ; une catastrophe. Comme si mon temps était de l'eau entre mes doigts, je suis découragé.

Rodolphe manifesta par un sourire une pointe de satisfaction.

— Ah ben aloreu, répondit Marie-Liesse, celleu-là, c'est la meilleureu !

132

Pierre détourna la tête d'un air pincé qui n'échappa point à Rodolphe :

— On peut savoir ce qui vous fait réagir comme ça, Marie-Liesse ?

— Mais peuchèreu, quand moi je passe plus de deux heures, sans compter le temps des courses, à préparer ma saladeu de homard, et que Messieurs, vous l'engloutissez en quatreu minutes, qu'est-ce que je dois penser, moi ? Que mon bouillon de corail, il a filé entre mes doigts ?!

— Oh ! oh ! Marie-Liesse, répondit Pierre attendri, mais quand on goûte votre cuisine, il y a la sensation, le goût, et ensuite le souvenir, le souvenir immuable d'un chef-d'œuvre : c'est un accès à l'immortalité pour celui qui a la chance d'approcher votre nourriture !

— Ah, vous au moins, Monsieur l'académicien, vous savez complimenter.

— L'écriture, c'est décourageant. Heureusement qu'il y a vos beignets.

Et Pierre en prit quatre d'un coup : quel autre remède, face à cette conception celte de l'amour chez Chateaubriand, qui ne trouvait son accomplissement que dans son anéantissement ?

— C'est vrai qu'on a le sentiment de ne pas exister quand une page est ratée, ajouta Marc. Moi aussi, j'ai passé un après-midi difficile ; je ne donne pas cher de mes mille mots, confia-t-il à Hortense.

De quoi je me mêle, pensa Pierre. Hortense fixait le

133

vide pour mieux profiter de ses espérances charnelles avec Barracuda83, un voile presque humide sur les yeux.

— Ça ne m'étonne pas que vous, les écrivains français, vous soyez tout le temps « bloqués », comme vous dîtes, lança Rose.

Pierre s'arrêta de mâcher.

— Toutes ces analyses de la littérature, cette rationalité en vous, vous ne créez plus rien. Ce Roland Barthes, c'est Mers el-Kébir, continua-t-elle en s'emparant de tous les beignets de fleur de courgette qui restaient dans le plat.

— Tais-toi, *patronizing bitch*, marmonna Pierre qui avait fréquenté un pensionnat anglais lorsque sa mère, veuve, n'avait plus su quoi faire de lui.

— Votre M. Roland, il a tellement expliqué votre relation à la littérature, vous n'arrivez plus à écrire trois lignes ! C'est cuit, comme vous dîtes – Rose prononçait « *couite* ».

— C'est insensé, s'énerva Pierre. Comment pouvez-vous insulter ainsi les écrivains français, les mettre tous dans le même sac ?

— Contentez-vous de nous voler notre nourriture, reprit Marc, mais n'y ajoutez pas votre vindicte !

— Je croyais que la famine de la pomme de terre n'avait touché que les Irlandais, ajouta Séverine, qui jusqu'à cet instant rêvait à une fleur en beignet.

— Comment généralisez-vous à partir d'une poignée d'universitaires obsédés par des théories obscures qui gangrènent l'élan littéraire ? lui demanda Pierre prêt à s'étouffer. Ce sont des crétins, c'est tout. Déjà, les notes de bas de page des éditions de roman... Vous devez avoir les mêmes dans votre petit pays.

— On aura tout entendu, conclut Marc.

Non-violent, il se réfugia dans la contemplation d'Hortense, sans savoir que cette conversation la touchait enfin : elle aussi, comme écrivain, elle se sentait misérable ; elle aussi pensait que c'était « *couite* » avant d'avoir bien en tête les personnages de son futur livre.

Grosse coalition, pensa Rodolphe. Comme tous les férus d'économie, il imaginait le monde régi par des constances qu'il recherchait dans les phénomènes, croyant ceux-ci modélisables. Il s'était renseigné avant de se lancer dans l'aventure d'une résidence d'artistes : dans tout séjour, un moment arrivait où un seul pensionnaire cristallisait l'antipathie du groupe, voire sa haine. La frustration face aux pages bonnes à jeter, la déception de ne pouvoir assez profiter de la plage, des courts de tennis, le huis clos, exacerbé par la difficulté de créer, déclenchaient le phénomène du bouc émissaire... Il suffirait d'une phrase, et elle agirait comme la goutte d'eau qui fait déborder le vase.

Cette phrase, Lady Rose l'avait prononcée juste après avoir préempté tous les beignets : « Roland Barthes, c'est votre Mers el-Kébir. » Depuis, chacun lui lançait des regards noirs et se regardait d'un air entendu dès qu'elle ouvrait la bouche. Seule Oona ne participait pas à la haine collective grondante : petite, elle l'avait subie car sa mère lui mettait un gilet en poil de lapin rose ; ce qui, associé à ses grosses lunettes de vue et au divorce de ses parents – signes d'une faiblesse apparente – faisait pencher son accessoire de mode du côté du ridicule aux yeux de ses camarades cruels.

Il fallait redouter le pire ; l'an dernier, tous avaient fini par dire à un auteur de polars – certes imbuvable – que ses intrigues étaient nulles, écrites avec les pieds et par un *ghostwriter* en plus – on le connaît ! L'auteur de chez Robert Laffont était parti dans la nuit sans dire un mot.

Plus tard, la magie de Saint-Tropez opérerait ; Rodolphe était confiant. Pour tous ces sages résidents, un événement ferait basculer la pression du bon côté : serait-ce un bain de minuit, la lecture à haute voix d'une page de manuscrit en cours, une *love story* démasquée entre deux pensionnaires ? Mais, tout de suite, il fallait épargner Rose et le seul moyen, ce n'était pas de jouer les modérateurs, mais de faire diversion. Le moment était venu d'une conversation générale sur le roman.

— Je me demande, lança Rodolphe, si le roman n'est pas mort, tout simplement. Je l'ai compris en étant captivé par *Le Bureau des légendes*. Il se passe beaucoup plus de choses, et la psychologie est beaucoup plus creusée dans les séries que dans la plupart des romans d'aujourd'hui.

— C'est sûr que Michel Houellebecq n'allaite pas ses dragons, rétorqua Oona.

— *Exhilariting! You French are so funny!* cria Rose.

Elle devenait déjà plus sympa. Séverine ne saisit pas l'allusion à *Game of Thrones*, mais Hortense, puis Marc, sourirent en miroir. La tension diminua. *Pourquoi s'acharner sur les marchands du Temple*, songea Pierre. Il regarda la mer, les seins de métal fondu des vagues. Quelle folie lui faisait tourner le dos à ces beautés pour écrire? À quoi bon? Était-ce le sentiment de ne pas être éternel comme ces ressacs? La jeunesse l'avait-elle quitté?

Rodolphe poursuivit, se gardant bien d'avouer qu'il avait commencé un roman des dizaines de fois:

— Bob Dylan a reçu le Nobel de littérature. Un jour, ce sera un auteur de série.

— Ils se mettent à quinze pour écrire un épisode.

— Les romans et les feuilletons ont toujours coexisté, rappela Pierre, agacé, même si le roman vient du feuilleton.

— La force du roman, précisa Séverine, c'est sa diversité; c'est l'autre de tous les genres. Je pense qu'il existera toujours.

— Je suis d'accord avec toi, lui glissa Marc.

— Le roman est mort, mort de désespoir, déclara

Nadège que l'on n'avait pas encore entendue. Je vais dormir, désolée de vous fausser compagnie.

— *Poor darling,* buvez quelque chose.

Nadège déclina l'invitation de Rose et se leva, penchant la tête sous le poids du drame. *La grande sortie de Bérénice,* songea Pierre tout en lui souhaitant une bonne nuit en chœur avec les autres. « *Adieu seigneur régnez je ne vous verrai plus.* » Rodolphe la suivit en proposant de l'éclairer jusqu'à chez elle.

Il n'avait pas vraiment apprécié les quelques pages qu'il avait lues du dernier roman de Nadège, mais des compliments la feraient peut-être oublier les corrections exigées par son éditeur :

— Chaque mot de vos livres est bien isolé des autres ; de là naît la musique de votre écriture, lui dit-il. Je suis frappé par la façon dont votre style est un assemblage très réussi, sans aucune collusion entre les phrases.

— Merci.

— J'ai lu que votre père était professeur d'anatomie : ça a peut-être un lien.

— Peut-être. La journée a été difficile.

Ils avaient atteint le bungalow de Nadège. En dernière tentative, Rodolphe ajouta :

— Si vous entendez des bruits de sanglier, ne vous inquiétez pas, ils n'entrent pas dans les maisons.

Nadège fit glisser le rideau en camouflage et disparut à l'intérieur de son bungalow :

— Dormez bien, Rodolphe.

Sa porte était fermée.

En retournant vers la terrasse principale, Rodolphe croisa Pierre qui admirait les étoiles en tirant sur son cigare.

— Il ne nous reste plus beaucoup d'étés, quand on y pense.

Rodolphe ne répondit pas. Il entendit à peine le cliquetis léger d'un attelage d'ossements conduit par le teckel Jean-Michel. Le chien rasait le sol à toute vitesse, une longue charogne entre les dents. Il la déposa auprès de vingt mètres de tuyau noir, son trésor arraché à l'arrosage automatique. En terminant son verre de cognac, le propriétaire du mas Horatia songea que, roman ou série, il n'avait jamais réussi à écrire une ligne correcte alors que ce Pierre, moins intelligent que lui, moins diplômé – l'Académie, c'était le monde d'avant –, qui ne comprenait rien à l'économie, en avait écrit quatorze. Une envie particulière s'empara de lui, une pulsion irrépressible : aller lire son manuscrit qui devait l'attendre sur son bureau, et qu'il s'obstinait à ne montrer à personne jusqu'à la remise à son éditeur. Il imaginait ce mille-feuille de papier ; il voulait le serrer entre ses mains, frôler les arêtes de ce bloc, se couper avec le bord d'une feuille ; il voulait apporter du désordre en tournant les pages. Finalement, il s'imaginait prendre le tout.

Pour stimuler sa mélancolie sur le temps qui passe, Pierre s'intéressait à la conversation des jeunes Hortense et Oona, assises à quelques mètres de lui sur le rebord de la terrasse, face à Séverine. *Elles se racontent leurs* holiday romances, pensait-il, *leurs après-midi torrides, tout ce qu'elles vivent à Saint-Tropez pendant que je peine sur la fin de mon livre.*
La journée, il s'était raidi contre les cigales, les rayons obliques – justement – du soleil ; il s'était privé de cette odeur d'algues séchées si particulière qui régnait aux abords des rochers. Pour quoi ? Rien.

Par cruauté envers lui-même, il s'approcha imperceptiblement, tout en sirotant un limoncello. Il percevait les mots « dissidence », « *date* »… Cette conversation allait le désespérer, c'était sûr ; il était masochiste à sa façon. Le tropisme romantique de la souffrance, faire saigner son petit cœur, c'était bien lui. Il comprit par bribes qu'Hortense avait rendez-vous sur le vieux port avec un barracuda. Bizarre. Oona leur proposait d'aller prendre un café chez Sénéquier, le lendemain.
— Je rêve de visiter le musée de l'Annonciade. Signac est un de mes peintres préférés, dit Séverine.
Puis, soucieuse, elle leur demanda :
— Mais vous n'avez pas peur de ne jamais vous

marier, de ne pas avoir d'enfants, comme moi ? Si je puis vous donner un conseil, faites attention.

— Mes ovocytes sont congelés à Barcelone, rétorqua Hortense.

Pierre entendait tout. Comme Séverine, il répéta les mots de saint Polycarpe : « *Mon Dieu, mon Dieu ! dans quel siècle m'avez-vous fait naître ?* » Oona concluait :

— Les enfants, j'ai le temps. Je suis devenue aromantique, je refuse la comédie de l'amour. Mais je ne m'interdis aucune sexualité. Je suis réconciliée avec le *one-night stand.*

À ces mots, l'écrivain se sentit conquérant ; comme s'il venait de boucler *La Chartreuse de Parme* en un après-midi d'écriture.

18

Rouge

> « All is so nothing. »
> ANDY WARHOL.

Alors que son thé infusait, Rodolphe passait en revue son après-dîner de la veille. Nadège l'avait finalement autorisé par SMS à la rejoindre dans sa chambre. Leur tête-à-tête s'était réduit à écouter d'obscurs problèmes liés à son éditeur. Puis, vers deux heures du matin, apercevant son visage dans un miroir en se déshabillant, la promise l'avait soudain congédié par crainte d'une mine de cachet d'aspirine au réveil. Sur le coup de sept heures du matin, Ali s'était précipité dans sa chambre en criant : « *All wet, all ruined!* » Son bureau au sous-sol se remplissait d'eau comme un sous-marin fendu. Une canalisation refaite en juin avait dû casser. Les possédants sont possédés par ce qu'ils possèdent : cette phrase du général de Gaulle était bien inspirée. Il restait peut-être l'art, heureusement. Il leva les yeux sur ses convives littéraires. Pierre trempait une tartine beurre-confiture dans son café – dégoût absolu –; Rose coupait une saucisse géante posée sur des îlots d'œuf brouillé qui ressemblaient aux îles Malouines; Hortense complotait avec Oona en s'esclaffant sur un iPhone. À quoi bon, tout ça, si lui-même n'arrivait pas à aligner deux lignes? Marc arriva, un pantalon de zouave, des chaussettes de tennis à mi-mollet associées à des Birkenstock.

Rodolphe poussa un long soupir et Marie-Liesse regretta le temps des chevaliers tropéziens à mocassins blancs. Oona, au contraire, le félicita:

— Bravo mec, t'es un disciple de Jacquemus.

— Ah... C'est pour la marche sur le port, j'ai peur d'attraper des ampoules.

— T'inquiète, je hais la marche. Ce qui compte c'est de prendre un café au bureau, histoire de découvrir Saint-Tropez. C'est le but de la résidence, non?

— Le bureau?!

— Oui, c'est comme ça qu'on appelle Sénéquier, le café. Parce qu'on y va tous les matins. Et qu'ici on ne fout rien!

Oona ricanait; Rodolphe repensa à ses deux unités centrales qu'il avait vues tremper dans trente centimètres d'eau.

— Sénéquier, à cause de Sénèque...? hasarda Marc.

— Rien ne t'empêche de le penser!

— Allez-y, vous allez être en retard.

143

— Oui, ajouta Séverine, il y a beaucoup de tableaux à voir à l'Annonciade.

Vingt minutes plus tard, Nadège, Marc, Rose, Hortense et Séverine se frayaient un chemin entre les peintres de vues de Saint-Tropez destinées aux touristes. Marc regardait les énormes culs des yachts en plastique blanc ou bleu amarrés. Ça l'embêtait, mais il pensait à des fers à repasser géants ; puis à des toboggans, ce qui lui sembla plus gai.

— C'est très tape-à-l'œil, lui glissa Séverine, visiblement effarée. Le musée de l'Annonciade n'est pas loin, je vais vous laisser.

Marc n'eut pas le temps de répondre, elle s'était enfuie vers la chapelle transformée en musée, et se faufilait, effrayée, au milieu d'un embouteillage de Bentley. Sur le quai, une petite foule de promeneurs, des familles entières avec enfants et poussettes, chaussées de tongs ou de Crocs, l'entoura avec ses amis, les empêchant d'avancer. Les badauds regardaient la manœuvre d'un gros bateau et léchaient des glaces. Le yacht reculait avec difficulté dans son emplacement : à chaque accélération en marche arrière, la ligne de flottaison crachotait de l'eau et des fumées. L'équipage s'agitait, gaffes sorties. Hortense s'éclipsa aussi, car elle ne voulait pas faire attendre Barracuda83.

— Vous avez vu, le bateau s'appelle le *Veni Vidi Vici*, s'écria Marc.

144

Avec ce sentiment de *terra cognita* qui apporte toujours un lot de joies aux natures heureuses, Marc se rêva une minute à bord, face à une bibliothèque remplie de classiques latins. La chanson « *Later Bitches* » qui démarra à fond sur le pont l'éjecta de sa rêverie : les quelques passagers dansaient à l'arrière du bateau. La manœuvre avait réussi, ils célébraient leur entrée dans Saint-Tropez, le spectacle vivant qu'ils étaient devenus, comme l'attroupement l'attestait : des gens les regardaient, fascinés, dans une tension dramatique créée par la manœuvre délicate.

— Ils s'offrent leur quart d'heure de célébrité, dit Nadège, regrettant d'être venue.

— Ça a l'air de les réjouir, ajouta Rose.

— C'est vrai que le quai est leur quatrième mur.

— Ce n'est pas du théâtre, précisa Nadège. Ces soi-disant yachtmen se regardent vivre dans les yeux des touristes sur le quai.

— Pour une thérapie pareille, ils devraient payer les suceurs de glace ! martela Rose de son accent snob, sans se soucier des personnes à côté d'elle.

— Toute cette petite folie à l'œuvre est passionnante : du voyeurisme réclamé. Je n'avais jamais vu ça ! conclut Marc.

Le soleil se reflétait sur la coque et rendait son plastique blanc presque beau, comme une matière venue d'une autre planète.

En tournant le dos au quai, ils découvrirent les maisons colorées du village, le rose usé des tuiles. *Rien n'a changé depuis Et Dieu... créa la femme*, pensa Marc. Se perdre dans les ruelles avec Hortense, l'embrasser dans la lumière ocre, courir en descendant de la forteresse. Ils s'avancèrent vers un café tout rouge, du rouge des cabines de téléphone anglaises : la devanture, ses chaises pliantes de cinéma, les tables trapues de format triangulaire, l'auvent, tout arborait cette belle couleur. Rose était contente. Finalement, elle aimait bien ce groupe de Français. Ils n'avaient pas de manières mais, avec eux, on pouvait discuter. Depuis combien de temps n'avait-elle pas parlé du temps qu'il fait ? La conversation restait l'ennemie de l'écriture, il ne fallait pas trop se laisser aller.

Oona les entraîna au fond à droite, à l'opposé de la table où Hortense venait d'accueillir son *date* du site de rencontres. Ç'avait été comploté ainsi. Le gars était encore plus mignon en vrai qu'en photo. Des yeux très bleus sur un profil grec, des lèvres bombées, un cousin d'Antinoüs coiffé en brosse. Il avait le teint doré de celui qui se moque du soleil parce qu'il vit dans sa profusion. Hortense attaquait toujours le premier rendez-vous par la question du pseudo :

— Pourquoi Barracuda83 ?

Et cette fois, elle ne fut pas déçue :

— Parceu que le barracuda, c'est ung beau poisson qui chasseu la nuit ; il n'y en a pas beaucoup en Méditerranée... et ileu rend les bains de minuit daneugereux. Mais tu peux m'appeler Kevin. C'est mon prénom.

Cet accent la remplissait de satisfaction, comme une promesse de sensations fortes. Était-ce à cause de ce stigmate régional qu'il avait évité ces trois derniers jours de lui parler au téléphone ?

De l'autre côté du café bondé, à la table d'Oona, l'arrivée d'Agnès, l'intervieweuse de Global TV Saint-Tropez, vêtue d'une robe éponge jaune très courte, fascina Marc. Il pensa au peignoir de Bardot dans *Le Mépris*, inspiré par celui de Pandora, mais aussi au Titi de *Titi et Gros Minet*, et peut-être à Bob l'éponge. Étonnamment, il en oublia un instant Bergotte et Proust, malgré la matière précieuse de la peluche. Le sexy et le régressif de la tenue l'emportaient. Vers ses douze ans, lui-même avait porté un pyjama en pilou jaune, compagnon de ses premiers émois nocturnes. Il leva la tête, vit le ciel. *Bleu, rouge, jaune : un pays de couleurs primaires*, se dit-il. Agnès discutait avec Rose qui tenait à promouvoir son livre sur Chateaubriand. « Ce livre, c'est pour les Français ! » Il ne l'écoutait qu'à moitié, fasciné par ce petit pan d'éponge jaune qui flottait sur ce corps de femme élancé. Il finit aussi par se dire, c'était plus fort que lui : *C'est ainsi que j'aurais dû écrire. Mon livre est trop sec, il aurait fallu passer plusieurs couches de couleur, rendre ma phrase en elle-même plus précieuse, comme ce petit pan d'éponge jaune.*

147

— On va faire Chateaubriand au camping, conclut Agnès, j'adore. Il y a de la verticalité, ici ; c'est ça que j'aime.

— Une dédicace dans un camping, c'est possible ?!

Rose en rougissait de joie.

— Oui, j'ai fait la promo de mon livre des journées entières dans les campings. C'étaient des rencontres passionnantes. Tu n'imagines pas.

— Ah, vous avez aussi écrit un livre ? lui demanda Rose.

— *J'ai épousé un con : L'histoire de presque toutes les femmes* : avec le « presque » barré sur la couverture.

— J'adore.

— J'en ai vendu plus de cent mille exemplaires mais il n'a jamais été traduit en anglais. Vous ne devez pas vous sentir concernées, dans votre pays.

— *Hilarious !*

Cette Française sort du lot, se dit Rose.

— Bon, faut que j'y aille, dit Agnès. Là j'interviewe du lourd dans les Parcs, à treize heures. Rose, je t'arrange le coup au Kon Tiki. Et Hortense ? Elle m'a dit qu'elle avait un rendez-vous avec un mec du coin. Un canon. Elle est forte.

Oona lui fit signe d'être discrète. Marc crut qu'elle parlait de lui.

— Je comprends. Quand on sait qu'aimer, c'est

donner ce qu'on n'a pas à quelqu'un qui n'en veut pas, Internet, c'est parfait.

Agnès s'éloigna vers une autre table. C'était entendu, elle viendrait filmer le colloque.

— Ces deux femmes sublimes, là-bas, dit Oona, celles qui écoutent Agnès, elles me fascinent. Elles sont là tous les jours. Je les ai surnommées Rahan et Le Roi lion.

Deux belles femmes bronzées de soixante-cinq ans, sans doute d'anciennes mannequins, sirotaient des jus de tomate en fixant Agnès, qui restait debout pour leur parler avec des gestes de révolutionnaire monté sur une chaise, été 1789.

Oona continua :

— Elles font un stop ici, puis elles partent en bateau. C'est comme si je voyais mon avenir. Plus tard, je serai comme elles si je me mets aux légumes. Et que je refais tout au fur et à mesure. J'ai déjà « repulpé » ma lèvre supérieure. Vous trouvez comment ?

— Très réussi, dit Nadège, cherchant soudain un miroir qu'elle ne trouva pas.

— Moi, je les trouve très bien, ces deux femmes, dit Marc.

Il n'était pas sûr de tout comprendre.

— Elles assistent chaque été au colloque.

149

Marc partit se laver les mains et, en sortant de la sombre arrière-salle, il aperçut Hortense. La croyant esseulée, il fonça droit sur elle, découvrit Kevin, qu'il salua gentiment sans imaginer une rencontre amoureuse qui se serait volontiers passée de lui.

Histoire de lever toute ambiguïté, Hortense insista sur le statut de corésident de Marc en les présentant.

—Vous êtes également écrivain ? demanda Marc qui trouvait Hortense encore plus belle dans cette lumière réchauffée par le rouge.

— Eh nong ! Moi, je suis poissonnier pêcheureu. J'insisteu sur pêcheur, car on n'est pas beaucoup à l'être, sur Saint-Tropez.

— Ah ! Formidable !

Depuis qu'il avait reçu son invitation au mas Horatia, Marc s'attendait à voir un marin pêcheur réparer son filet sur le port :

— Et qu'est-ce qui vous plaît le plus, dans votre métier ?

Kevin répondit avec des mouvements de mains, comme aux prises avec une très grosse daurade à écailler :

— Clareumaing, c'est la manipulation du poisson.

Cette simple phrase causa un tremblement de terre érotique chez Hortense. Elle ne sut jamais pourquoi.

19

La mélancolie des ronds-points

> « Monsieur le chevalier aurait-il peur ? »
> CHATEAUBRIAND,
> *Mémoires d'outre-tombe.*

J'enfile un gilet jaune avant d'arriver au rond-point à l'entrée du Muy, juste avant l'autoroute. J'ai laissé Jean-Michel à la maison. Sur l'immense rond-point sobre, une pelouse sans sculpture, je vois une vingtaine de personnes, quelques parasols. Quatre Gilets jaunes laissent passer les voitures au compte-goutte. J'arrive à me garer puis j'avance, d'un pas hésitant, vers le groupe installé sur le rond-point. Il fait une chaleur incroyable. Sous une table pliante, des packs d'eau minérale. Les visages des hommes sont rouges ou tannés, ou les deux ; ils portent des lunettes de soleil rectangulaires aux verres noires. Les femmes, des retraitées, visiblement, se sont peints sur le front des drapeaux bleu, blanc, rouge.

151

J'ose un timide bonjour à un moustachu qui pioche des frites dans une assiette en carton et les trempe dans de la mayonnaise avant de les engloutir. Sur son gilet jaune, il a écrit au marqueur : « Routier au diesel ». Si on me prenait pour une journaliste ? Direct je me ferais casser la figure. J'enlève mes lunettes de soleil pour avoir l'air plus sympa.

— Fais pas ta timide, tout le monde est le bienvenu ici.

— Tiens, prends de l'eau, ça déshydrate ! me dit celui qui a « On lâche rien » sur son gilet et une bouteille à la main.

— Fait chaud, encore plus chaud qu'hier.

« Routier au diesel » soupire malgré les frites. L'acte trente-quatre, quelques jours avant, n'a pas été un grand succès. Est-ce que le mouvement s'essouffle ? Plongée dans ma besace, je pense aux voitures sans chauffeur du futur. Du futur proche. Le diesel, les routiers, tout ça aura bientôt disparu ; c'est là le problème, par-delà la question du prix du carburant. Des ouvriers ont cassé les machines qui allaient leur prendre leur travail au XIXe siècle. Un jour, des trucs n'existent plus : un métier, l'absinthe, bientôt le Coca-Cola qui détruit les gencives – c'est la vie.

Du Coca *light*, c'est ce que je cherche à cet instant dans mon sac, parce que le vendredi c'est ma *journée christique*, je ne me nourris que de ça.

Je bois. Le choc d'acidité me donne de l'audace :

— Tous ces ronds-points que vous occupez, qu'on occupe, vous n'avez pas plutôt envie de les détruire, plutôt que de vous y installer ?

— Je passe là tous les jours, avec mon camion. À six heures du matin, je quitte la médina de Tarascon où j'habite – il prononce « *médina de Tarascon* » avec l'air satisfait de celui qui sait que sa blague est bonne et plaît autour de lui –, je monte dans mon camion et, quand j'arrive ici, c'est la civilisation.

— Il paraît que, bout à bout, les cinquante mille ronds-points qu'on a en France, c'est vingt milliards d'euros. Vaudrait mieux qu'ils servent à vos fins de mois, non ?

« Routier au diesel » soupire encore.

« On lâche rien » soulève ses lunettes noires et, d'un air méchant, me demande :

— T'en poses des questions. T'es journaliste ?

Elle est là, prête à surgir, la fameuse haine dont les journaux ont parlé, à laquelle je n'ai pas voulu croire. Et pourquoi pas ?

— Pas du tout, je suis avec vous, je veux la justice. J'ai une idée, une proposition à vous faire.

— Parle, ici c'est la démocratie directe.

— Oui, ici on est loin des partis de Paris qui nous volent nos élections, précise « On lâche rien ».

— Pour l'acte trente-cinq, vous devriez aller à Saint-Tropez, ça vous ferait voir au monde entier. Ça ferait peur aux puissants.

153

— Et comment on fait ?

—Vous arrivez discrètement le matin en voiture, vous vous garez avant l'entrée du village, au niveau de la route des Plages, pour qu'on ne puisse pas bloquer vos véhicules. Et après vous marchez jusqu'au vieux port.

— Là où il y a les yachts ?

— Oui.

— Les Gilets jaunes face aux yachts : ç'aurait de la gueule, rêve une des femmes qui s'est approchée. Elle a écrit « RIC » sur son gilet jaune.

« Ils sont fâchés contre l'argent si ce n'est pas le leur », m'a glissé Pierre au petit-déj'. C'est faux. Ici, je sens une camaraderie, une humanité retrouvée ; tant pis pour le cliché, le sursaut d'être ensemble. Cette femme ressemble à celle que j'ai vue pleurer devant les caméras, celle que j'ai vue déclarer à propos du président de la République, après son passage sur son rond-point : « Il ne nous a même pas regardés. » Je ne le lui dis pas, bien sûr. On a fait des révolutions pour moins que ça. Par association de mots, je repense à cette anecdote sur Maximilien de Robespierre, enfant. Le roi doit visiter son pensionnat près d'Arras. Lui, l'élève le plus brillant, a préparé un beau discours de bienvenue. Il n'y a pas de plus grand honneur. Il se tient dans la cour, bien droit, un joli ruban dans ses cheveux aux boucles bien apprêtées pour le roi. Le roi tarde ; il se met à pleuvoir, la pluie devient diluvienne.

Le monarque ne vient toujours pas. Le ruban qui tient les cheveux tout trempés du garçon se défait, ses jolies boucles s'effondrent. L'enfant ne bouge pas, impassible sous l'eau, attendant le roi. Finalement, le carrosse de Louis XVI arrive, ralentit un peu sur les pavés trempés, et repart.

Cette humiliation explique-t-elle un peu la Terreur?... La grosse voix de « On lâche rien » me sort de mes pensées :

— C'est tout vu, ma petite : l'air de rien, les yachts, tout ça, c'est super protégé.

— Faudrait pas gêner les vacances de la finance internationale. Je fais du café. Qui en veut ?

— Ils nous bloqueront à l'entrée du golfe de Saint-Tropez, sur la route à une voie : c'est fait pour ça, tu penses !

— Ils ne seront pas au courant.

— Il y aura toujours un mouchard.

— Saint-Tropez, c'est pas la France. C'est le paradis des milliardaires, dit « On lâche rien », un sillage d'irréalité dans la voix.

— Et voilà les cafés !!! Chaud devant !

Souvent, mon regard se pose sur un objet et je le fixe avec obstination. Oisiveté ? Curiosité sincère pour tout ? Reste de mon passé d'acheteuse compulsive, entre autres sur Internet, où il faut repérer de loin les vilains défauts ? Je regarde le grand gobelet isotherme en acier et plastique bleu marine que « *Routier au die-*

155

sel » a posé pour moi sur la table pliante : très réussi, dans le genre technique, avec une bande rouge sur la fine partie en plastique du haut, là où on pose ses lèvres. À force de bien regarder, je vois une petite flamme gravée sur le métal.

En attrapant le gobelet pour boire mon café, je comprends que c'est le logo du Rassemblement national.

Je bois mon café, lentement, jusqu'à la lie. Ce n'est pas possible que mon entourage à moi ait raison comme ça.

— Ça va ? me demande Mme « RIC ». Tu es pâle, là.

— Non, ça va, merci.

— Je suis infirmière, je te dis que je te trouve livide.

C'est moi qui devrais lui demander si ça va. Je ne l'ai jamais fait depuis que je suis arrivée ici. Je ne lui ai même pas demandé son prénom. Je vais rentrer chez moi. Je sens que je dois rentrer chez moi. Tout de suite.

La route lui déroula son tapis de déceptions. Tout en conduisant avec les Stones à fond, Oona portait les siennes comme le centurion Torpez, l'ancien fêtard repenti, avait dû porter sa tête sous Néron. Ce ne serait pas elle qui sortirait ces personnes de l'anonymat en en faisant des héros de fiction, c'était sûr. Elle ne parlerait pas de multitude mais, quant à leur donner un nom, une identité, il faudrait se contenter de leurs inscriptions au marqueur sur leurs Gilets jaunes. Elle garderait cette idée d'un mélange de casseurs cagoulés, de retraités, d'antisémites, de militants RN et d'infirmières débordées, tel qu'elle l'avait vu certains samedis à Paris. On ne pouvait pas dire qu'elle n'essayait pas de comprendre le monde qui l'entourait, mais de là à parvenir à le transmettre par l'écriture romanesque? Ça allait plus loin : est-ce qu'elle était armée pour ce combat biblique, mortel, entre le verbe et l'image? Tout en conduisant sa voiture hybride sur la route des Maures, enveloppée d'une forêt de chênes-lièges et de pins parasols qui se passait de la présence de l'homme, elle pensa à Séverine et Hortense, ses nouvelles amies. À elles, elle confierait ses doutes. Est-ce qu'elle devait trouver un autre sujet…? En tout cas, elle ne tomberait pas dans l'autofiction. Décomposer ses sentiments, sa psychologie, ses intermittences du cœur plutôt qu'essayer de comprendre ce qui se passe : c'était trop facile ; trop facile d'évacuer toute question politique, de choisir ce qu'elle s'était amusée, dans une de ses copies, à appeler pompeusement « *la littérature réaliste postcapitaliste* ». Sa prof américaine avait adoré : A +. Son quart d'heure de célébrité chez les intellos du campus. Ce n'était pas aimable pour Hortense, la reine de l'autofiction. Où était-elle en ce moment? Dans les bras de Barracuda83 – grosse bombasse irréelle – ou plage des Salins, effrayée par la nappe de posidonies? Est-ce que les vagues immobiles caressaient ses pieds? À

157

cette heure, avec le vent d'est, les plantes aquatiques devaient border le sable en masse, miroiter à peine comme une laque noire. Un message d'Hortense arriva sur WhatsApp : « Du lourd, rendez-vous ce soir au phare de Camarat!!! Tu me prêtes ta Vespa ? »
Yesss. Elle accéléra en direction de Saint-Tropez.

L'alarme de son téléphone retentit. Dix-huit heures trente : l'heure de son *post* sur Instagram. Elle pila et se gara sur le bas-côté. Puis elle brandit son iPhone, allongea le bras au maximum et se prit en photo, attrapant en arrière-plan un chêne-liège au tronc noirci – vestige d'un feu ancien. En commentaires de son *post*, elle écrivit : « #forêtdesmaures#forêtdesmors#forêtsdesmorts#cestdanslesboisquejaichantélesbois ». Après un temps, comprenne qui voudra, elle ajouta : « J'ai vu l'histoire et me suis enfuie. »

Lorsqu'elle écarta le rideau de perles de la cuisine pour récupérer Jean-Michel gorgé des restes du chateaubriand servi à déjeuner, son air maussade n'échappa pas à Marie-Liesse :
— On dirait que ce rond-point, ça ne t'a pas plus du tout, Oona. Qu'est-ceu qui se passe, les héros ne sentent pas bon ?

20

Bignonias

« Tu oublieras les sourires, les regards qui
        parlaient d'éternité
Tous ces mots que l'on jure de ne jamais
        oublier
Tu oublieras
Tu m'oublieras. »

LARUSSO, *Tu m'oublieras.*

L'éternel retour des illuminations du phare de Camarat, comme une deuxième lune un peu folle sur les
baisers de Kevin, avait hypnotisé Hortense. Ils
s'étaient promenés en Vespa, surplombant la mer qui
frappait les rochers, loin de toute maison. Quand il
avait marché près du phare, comme un enfant du
pays sait où il va, le jeune homme, très loquace, lui
avait parlé dans la nuit de ses ancêtres, des pillards
côtiers qui allumaient de grands feux sur les rochers
pour abuser les navigateurs. Ceux-ci prenaient leurs
lumières pour un amer ; c'était un piège, les navires se
fracassaient sur les récifs. Il était là, dans ce personnage vivant, complexe, avide de récits ; le remède à

l'horrible nécessité qu'éprouvait Hortense de se créer un supplément d'existence par l'écriture, et qui au fond expliquait sa vocation. Kevin, dit Barracuda83, était par ailleurs un extraordinaire amant. Hortense manqua le petit déjeuner.

Marc retourna dans sa chambre à travers l'herbe jaunie du jardin, après la promenade qu'il s'autorisait une fois son plateau-repas terminé. Il allait l'écrire, cette scène d'amour, sa muse l'inspirait. La musique cuivrée des cigales si sûres d'elles se mêlait à son aventure merveilleuse avec Hortense. *La bande originale de ma romance d'été*, pensa-t-il. *Désormais, c'est elle, le référent de mon personnage féminin. Je n'ai plus qu'à la dupliquer; cette femme, cette créature de chair, me réconcilie avec la mimèsis. Ce n'est bien sûr ni le réel ni l'écriture, encore; juste une joie sans nom, l'infini des possibles.* La nature ardente et sensuelle d'Hortense l'obligeait à se poser des questions. Les cambrures des petits pins soumis au vent d'est l'encourageaient. Les épaisseurs du gravier rose déroulaient sous ses pieds un tapis de mariés. Soudain, son orteil frôla une chose sèche. Il se pencha. Une petite nef marron gisait abandonnée; il devina les restes d'un insecte à grosses pattes poilues, l'enveloppe d'une cigale avant sa mue. Quelle merveille! La mue comme l'empreinte en creux d'un passé vivant; ce qui semble exister mais n'existe pas. Qu'un corps chantant, ailé, prêt à faire l'amour tout l'été, vienne de là, d'une telle coque misérable, c'était un don du ciel! Il tendit l'oreille vers les arbres pour mieux entendre tous ces mâles perchés sur les branches alentour, pressés de vivre et d'aimer. Ils lui montraient l'exemple. Et quel stupide animal, par contraste, la fourmi! L'été était à lui, c'était sûr. Un grand bonheur l'attendait dès qu'il serait assis à son bureau. Il pressa le pas vers son bungalow.

Un colosse en t-shirt noir Iron Maiden armé de sécateurs géants, l'apostropha sur sa petite terrasse :
— Je suis venu tailler les bignonias.
Sa voix était douce, timide. Marc fixa ses sécateurs, ses chaussures de randonnée taille 47, puis les plantes. Ainsi ces grosses clochettes charnues et orange qui s'enlaçaient avec avidité s'appelaient-elles « *bignonias* ».
— J'en ai pour une heure, ça vous dérange pas?
Aucune référence littéraire associée aux bignonias ne lui vint. Cette fleur l'attendait pour être immortalisée. Marc sourit. L'idée de bouches vermillon, épaisses comme du cuir, traversa son esprit.
— Je ne vous dérange pas? répéta le jardinier.
— Non, non, pas du tout. Je vous en prie.
Le clic-clic sec et régulier de la taille commença. À chaque mouvement des bras du sécateur, une grappe de trompettes orangées s'écrasait avec son feuillage sur la bâche épaisse étalée par terre, dans un rituel de sacrifice.

Une citation de Proust surgit dans l'esprit encore clair de Marc : « *Soyons reconnaissants aux personnes qui nous donnent du bonheur ; elles sont les charmants jardiniers par qui nos âmes sont fleuries.* » Il remercia le colosse.

Bon, se dit Marc, *une scène agréable à écrire comme celle qui m'attend – mon narrateur dans les bras d'Hortense –, ce n'est pas tous les jours !* Son énergie se démultipliait. Bientôt mille mots – il se sentait démiurge, ses créatures dociles allaient se plier à tout ce qu'il imaginerait. Cette maîtrise précise le grisait, même si cet autre restait un personnage de fiction. « Au travail ! » lança-t-il à voix haute en faisant craquer ses doigts. Depuis l'après-midi à la plage, il revoyait l'arrondi de ses épaules, la souplesse de son long cou – rêve de caresse –, et même une égratignure en haut de son index gauche. Tout ce désir qu'elle éveillait, il allait en faire quelque chose de beau. Il regarda sa chambre. Ici, tout était beige et blanc pour faire éclore son talent.

Il s'assit, ouvrit son ordinateur, et écrivit : « CHAPITRE IX ». Puis à la ligne, très vite : « *Elle l'enlaça de ses longs bras ; sa langue entière entra dans sa bouche.* »
Ses mains sautèrent du clavier comme d'une centrale nucléaire nipponne en alerte.
Langue entière ?
Langue tout entière ?

162

Et si j'enlevais l'adverbe « tout » ?
Non, si je fais ça, ça devient ignoblement organique.
Dieu que ce « tout » est vilain. Il répéta doucement:
« *langue tout entière* ».

« Je ne décris pas un caméléon à table », marmonna-t-il.
Sa langue ?
Toute seule, c'est banal.

Il soupira avec tristesse sans effacer pour autant. On ne sait jamais, d'une phrase excessive, prétentieuse, ridicule même, peut naître une beauté de la langue française. « *Gesril a été mon premier ami; tous deux mal jugés dans notre enfance, nous nous liâmes par l'instinct de ce que nous pouvions valoir un jour.* »

Chateaubriand un jour, Chateaubriand toujours. Qu'est-ce qu'il peut m'envahir depuis que je me suis inscrit à ce colloque ! C'est abusé, comme disent mes élèves.

Marc se reprit. *Le narrateur et Hortense font l'amour: quel mode d'emploi ? Après tout, c'est ma première scène de ce type,* pensa-t-il, s'offrant une vague d'indulgence… Puis il rougit de devoir se poser tant de questions sur l'intimité de la divine Hortense. *Penchait-elle la tête en arrière quand venait le plaisir ? La serrerait-il contre lui ? Mon écriture est placée sous le signe de la dévotion pour mon personnage… En fait, j'aime trop la vraie Hortense.* La distance que lui imposait la vraie vie – autre nom pour sa timidité –, lui permettait, contrairement à l'écriture, de faire d'elle l'objet de sa dévotion person-

163

nelle. Les personnages de fiction, on les manipule à sa guise.

Marc regarda au-dessus de son ordinateur le mur blanc rugueux. *Ce doit être ça, ce que l'on appelle un mur peint à la chaux.* Il soupira encore. Le blocage approchait.

Il faut l'empêcher de gagner, se dit-il. Clic-clic clic-clic : M. Iron continue son jardinage. *Un métier répétitif, le veinard. Bon, moi j'ai les seins d'Hortense sur le papier.* « La texture de ses seins, répéta-t-il à haute voix ; la main du narrateur s'y enfonce doucement. Ce serait tellement bien... » Clic-clic clic-clic clic-clic. « Un thé m'aiderait peut-être. »

Il se rassit face à la table en tôle peinte. *Allez, on se concentre.* Il fit un effort de visualisation. Derrière sa rétine, sa dulcinée s'allongeait sur le sable, son corps huilé semblait onduler. *Ce fut comme une apparition.* On peut le dire. Il sourit, puis écrivit le mot « ange de beauté » – il la voyait ainsi depuis la plage. *Maintenant que j'ai une muse sublime, plus question de manquer d'inspiration. Adieu, collègues de l'Éducation nationale qui osèrent me quitter. Et fini la marmite des souvenirs à magnifier !* Il bomba le torse, inspira par le nez.

Une horrible odeur l'agressa. Indéfinissable, asphyxiante. Il huma bruyamment, se leva d'un bond,

164

suspectant la plomberie. Non, ça venait du thé : le rooibos ! Effrayant. Il courut vider sa tasse, rinça la théière avec le reste de l'eau dans la bouilloire, lava encore tout à grande eau, ouvrit les fenêtres et respira de toutes ses forces. Le parfum vert des tiges coupées du jardin l'enveloppa, tandis que le bourreau des bignonias lui décochait sa béatitude sans lâcher ses sécateurs. Une canette de bière réchauffait au soleil. « C'est ça, marmonna Marc, cultive ton jardin. Le thé est la seule boisson à conjuguer la fadeur et l'amertume ; je ne vois pas pourquoi j'ai essayé d'en boire. »

Ne pas y arriver, se dit-il, *c'est ça qui est amer !* La volupté reprit le dessus grâce au parfum doré d'un invisible chèvrefeuille. *C'est pour elle et moi*, se dit Marc, *ces odeurs alanguies, enivrantes*. Il s'assit et écrivit : « *Il promena ses mains sur le long corps d'Hortense* [on changerait le prénom plus tard], *il baisa ses poignets, ses lèvres, ses seins qui le hantaient.* »

Allez, de l'ardeur à la tâche ! Il s'agit de s'imaginer besognant mon héroïne. Il rougit à l'idée de parler de sa muse ainsi, tout en se regardant dans la glace. *Aucune chance de lui plaire, même en arrangeant ma mèche de recouvrement* – il ramenait ses cheveux vers ses pensées. Il était le sosie de l'acteur Fabrice Luchini, ou plutôt d'un autre acteur moins connu, qui s'appelait Broche, c'était indéniable. Pas un immense cadeau du destin ; pas une catastrophe non plus, tout était possible. Il amorça de grands mouvements de bras.

«Tou fais n'importe quoi mais tou es laxe.» Une séance d'essai au club de gym qui venait d'ouvrir en bas de sa tour du 16ᵉ arrondissement lui avait valu ce compliment du prof sud-américain. Littéraires ou pas, Marc se souvenait de toutes les phrases qu'il entendait – une suractivité de la mémoire qui aurait dû l'aider dans sa vie d'auteur. Il pensa à ce pauvre Tchekhov qui devait tout noter dans ses carnets : lui n'en avait pas besoin. En attendant, il n'avait pas écrit *Oncle Vania*, ni inventé le flot de conscience en littérature – bien obligé de le constater. *« Du sang de sirène coule dans tes veines. Deviens une sirène. » On le pense, on ne le dit pas. Eh bien, chez Tchekhov, Ivan Voïnitski le dit à Elèna Andréïevna.*

Mon hypermnésie dépose incessamment des phrases dans mon esprit comme les vagues laissent des coquillages sur le rivage d'Armorique, pensa Marc en retournant tristement à sa table.

Il s'assit. « Maintenant je suis bloqué. » Il regarda l'horloge de son ordinateur : une heure et demie qu'il tournait en rond autour d'une femme nue sur le lit avec son narrateur. Il tapa : « *leurs corps enchâssés* ». Ce n'était pas mal, mais rien d'autre ne vint. La ravissante Hortense alanguie sur le sable, l'autre jour, avait-elle aimé ses propos sur la casquette de Charles Bovary ?

Par trente-six degrés, son t-shirt bangladais adhérait à sa peau d'une drôle de façon. « Moi c'est cool, j'ai un ventilateur au plafond », avait rétorqué sa douce quand l'Anglaise se plaignait de l'impossible chaleur dès le petit déjeuner. Ses phrases tournoyaient dans sa tête. Il écrivit à toute vitesse : « *Le ventilateur agitait ses palmes sur leurs corps enchâssés, tel un crucifix en panique.* »

La métonymie du crucifix lui parut pertinente pour son récit d'un amour illicite. Il approcha ses lèvres de sa tisane avec satisfaction. « Ouh là ! Brûlant. » Il reposa sa tasse si violemment qu'elle buta sur la soucoupe et se renversa. *C'est ça*, se dit-il, habitué à sa maladresse physique – « *Les sentiments les plus merveilleux sont ceux qui nous agitent un peu confusément.* »

« Tu vas la fermer, François-René ! » s'entendit-il crier en épongeant la verveine sur le sol avec son mouchoir. Toutes ces phrases des autres l'envahissaient et bloquaient les siennes. Entre le baiser du début et les corps enlacés, il fallait compléter. Des fluides, de la pénétration... Pour l'aider à écrire, le réel, le cru, l'onanisme, rien n'y faisait. Ce matin encore, ça l'avait rendu maussade, point final. Zéro inspiration. Il rêvait d'une scène *hot*, le récit du désir, une fois dans sa vie...

Il songea à ses parents retraités qui liraient sa scène dans leur canapé fatigué et il en rougit. Ils n'en mourraient pas, mais n'en sortiraient pas indemnes. *Je ferais mieux d'écrire un essai, j'ai déjà le titre, une vraie provocation* : Simplicité de Chateaubriand. *Montrer sa science du mot juste, de la mise en scène immédiate, sans démesure. Madame Récamier « en robe blanche sur un sofa bleu », c'est simple et parfait. Un essai, ce serait facile, et rien de gênant. Quel calvaire, le roman ! Même Chateaubriand avait échoué, d'un point de vue moderne. Il savait que ce genre n'était pas pour lui. Ses histoires – peut-on les appeler romans ? – inspirées des romans d'aventures du* XVIIIe *siècle, sa fresque historique grandiloquente,* Les Martyrs, *au secours, la « cuculterie » troubadour des* Aventures du dernier Abencérage… *Qui les lisait encore ?*

Marc se leva d'un bond et fit quelques pas. Le sol en pierre avait une fraîcheur agréable ; le bout de ses orteils s'en rendait compte. Il rêvait aux femmes fatales mais sa mémoire folle l'handicapait pour écrire. Jeune, il avait englouti des montagnes de grammaire latine et les abysses de la conjugaison grecque, avec ses exceptions, comme Saturne dévore ses enfants. Ses citations irréprochables de Thucydide ou de Nerval avaient enchanté le jury de la rue d'Ulm, puis de l'agrégation, mais désormais ces alliées l'asphyxiaient : soixante-douze heures et deux lignes de scène d'amour. *Marre de l'intertexte !*

La ravissante Hortense écrit-elle à cette heure ou fait-elle une sieste, alanguie ? « *La très chère était nue et, connaissant mon cœur, / Elle n'avait gardé que ses bijoux sonores. »* Stoppez cet éboulement! s'écria-t-il en tapant du pied. Sur son écran d'ordinateur immaculé, il n'aperçut qu'une seule phrase, orpheline. *Qu'est-ce que mon narrateur va murmurer à l'oreille de sa dulcinée pendant l'amour ?* D'habitude lui restait muet, concentré comme un brise-glace. *D'où me vient cette image idiote, maintenant ? Du réchauffement climatique ?* Il était maudit.

La panne. Il se leva, agacé, et sortit accomplir les cent pas de l'auteur qui cherche ses mots. Il sursauta sur les lattes de bois brûlantes de la terrasse. Les éléments se liguaient pour le forcer à travailler. Clic-clic clic-clic clic-clic : le monticule des victimes florales enfouissait les pieds du jardinier. *Il s'applique*, pensa Marc. *Il a l'air content de sa tâche, le bienheureux. Au moins, lui n'est pas bloqué. Quoi de mieux que la vraie vie ?*

Dépité, il rentra dans sa chambre en prenant soin de soulever à l'horizontal le volet supérieur des persiennes, si délicates avec leurs fines lattes, avant de les refermer. Les coulures de rouille autour des gonds le génèrent.

Quel détail de la chambre retenir, en attendant? Tout est blanc. Une lumière zébrée entrait dans la pièce. « *Les rayons de soleil obliques hachaient le blanc des murs* », dit-il à haute voix. Ça y est : « *Les rayons obliques d'un soleil d'or* ». Proust l'envahissait avec le nom du prince d'Agrigente : « *transparente verrerie sous laquelle je voyais, frappés par les rayons obliques d'un soleil d'or au bord de la mer violette, les cubes roses d'une cité antique* ». « Être trépané, saigné de toutes ces citations », murmura-t-il, épuisé... Puis l'espoir revint. *Je dois travailler autour de ces rayons obliques sur les épaules arrondies d'Hortense.* Il regarda le grand lit en désordre : le blanc, les mouvements, les courbes, c'était très beau. Les ombres portées des draps feraient des plis, glisseraient sur leurs corps en mouvement, empruntant leurs formes. Il se leva, glissa deux oreillers sous le drap ; le contour d'une femme lui apparut. Une cuisse ? Ses fesses ? La forme de deux corps qui s'aiment, s'enchâssent, c'est important. Il s'allongea sur le lit, posa sa joue sur la fraîcheur du tissu. Il touchait le lieu précis du désir.

Quand je pense que mon aimée se tient à trente mètres de cette scène fabuleuse. Je la lui dois. Est-ce qu'un deuxième miracle est possible ? Avec mon Chateaubriand Americana 2016, *du jour au lendemain, mes collègues ont vu en moi un artiste dans la salle des profs, un être à part. Juste pour un livre qui m'avait conduit à France Culture, où j'avais raconté que, moi aussi, j'avais bu l'eau du Mississipi... Pourtant, je reste celui qui décortique à ses élèves les figures de style de Chateaubriand ! Un unique*

*livre ne fait pas une œuvre ; c'est décidé, je boucle la pre-
mière version de ma scène avant le dîner.*

Le chant régulier des cigales rappelait la trotteuse
d'un réveil. En haut à droite sur son écran, il lut
19h09... et toujours cette chaleur incroyable.
Qu'est-ce que c'est dur de ne plus dire « je » ! Il alla s'as-
perger le visage sans se regarder dans le miroir de la
salle de bains, puis de nouveau assis, il ferma longtemps les yeux. Quand il les rouvrit, il tapa : « Je
t'aime », misant sur le pouvoir magique de ces trois
mots, sur ce « *je t'aime* » dit à personne en particulier,
mais à l'amour uni au désir. Autant acheter un billet
de loto.

Trois minutes plus tard, l'écrivain en résidence
marchait dans le jardin, l'air inspiré. Il approchait du
bungalow d'Hortense et, pour brouiller les pistes, ses
pas dessinaient des méandres. Hier, elle travaillait sur
un transat sous les pins. Il pourrait peut-être l'apercevoir, vêtue du soleil de la journée, et entamer une
conversation. Lui proposer de relire un passage de
son manuscrit ? Elle n'avait pas l'air très avancée, la
pauvre. Il pourrait revoir ses notes sur Chateaubriand... Avec le colloque dans trois jours, elle
devait avoir un trac fou, n'étant pas universitaire
comme lui... Lui était fin prêt : quel pavé dans la mare
il allait lancer !

— Vous n'avez pas la tête de celui qui a terminé son chapitre, Monsieur Citation.

Marc se retourna et découvrit Rose Trevor-Oxland allongée sur le transat d'Hortense. À cet instant précis, sa muse adorée inspirait le jeune poissonnier Barracuda83. Mais il ne le savait pas.

— *No, Miss Rose, my chapter is finish! Now is the summer of my contentment! Like the cigala, you know...* [1].

Sorcière maléfique, autant lui mentir, pensa Marc en se repliant vers sa chambre. Il n'entendit pas Lady Rose évoquer une vache originaire d'Espagne.

Il saisit sa bouilloire refroidie et commença à arroser les pieds des bignonias, le long de son bungalow. « *Cultiver son jardin* » finirait par le débloquer. L'eau glissait sur la terre craquelée. L'arrosage automatique se mit en marche. Un geyser.

Puis, comme chaque soir, la cloche du dîner retentit.

---

1. « Non, Mademoiselle Rose, mon chapitre est terminé. Voici venu l'été de mon contentement. Comme pour la cigale, vous savez... »

21

Découverte aux aromates

« World, hold on
Instead of messing with our future, open up
Inside. »

BOB SINCLAIR, *World, Hold On* (2019).

Certains corps donnent l'impression que porter des vêtements, ça ne leur arrivera jamais. Ils pourraient rester éternellement nus et personne n'en serait choqué. Celui de Barracuda83 était de ceux-là. Il venait de bondir du lit pour baisser les volets de la persienne à cause du jardinier, et Hortense le suivait des yeux. Quel cul ! Dans le nouveau clair-obscur, sa perfection athlétique lui fit penser aux photos en noir et blanc prises aux Jeux olympiques de Berlin, en 1936. Elle retrouvait la culpabilité qui nous prend à chaque fois qu'on les regarde, mais ce n'était pas celle d'une transgression politique. Cette fois, c'était la transgression de l'inconnu. La présence de ce garçon dont elle ne connaissait quasiment rien transformait la chambre de la maison principale en une chose irréelle, provisoire, en un campement de fortune. Avec lui, elle se sentait dans un no man's land. Le jeune homme enleva le drap d'un seul geste. Chute des reins, seins, nuque. Il voulait se souvenir des détails de son corps comme d'une chose ou d'un moment unique, son regret dans les yeux sembla irrésistible à Hortense. La prédation médiocre du *blind date* n'existait pas. Il lui disait : « Ma sirène », comme un surnom donné à une reine ; il contemplait sa beauté et l'embrassait à pleine bouche en tenant sa nuque. Combien d'hommes, écrirait-elle plus tard dans son roman *Le Désordre*, vous donnent l'impression que le corps féminin est une des grandes aventures de leur vie ? Il lui disait : «Tu es belle à perdreu la tête », tout en lui faisant perdre la sienne. À quoi bon écrire, récréer des sensations, en inventer, quand la vie vous fait le cadeau d'une telle plénitude ? Quand elle lui demanda s'il était content des désirs impérieux qu'elle manifestait, il répondit, mi-sérieux, mi-amusé :

— C'est uneu religion !

Hortense s'endormit, suivie par Kevin, mais elle se réveilla en sursaut. C'était bête, maintenant qu'elle l'avait connu ici, elle avait peur de se faire chasser du paradis. Il fallait qu'il parte : ensuite, le portail serait fermé à clef et Marie-Liesse allumerait l'alarme. Ce torse presque imberbe qui se soulevait doucement en dormant, cet inconnu au parfum de réglisse et de lavande parti dans des rêves dont elle n'avait aucune idée, l'angoissèrent. Elle le réveilla sans précaution, posa ses vêtements sur le lit :

— C'est hyperfliqué. Te montre pas. Le portail pour sortir, c'est tout droit, fais attention en passant devant la terrasse. Tu me plais. On se revoit demain ?

Elle venait de remarquer ses longs cils ; elle l'avait oublié, elle le retrouvait sans s'en souvenir : son *date* avait quelque chose du Lili aux longs cils de fille du *Château de ma mère*. Un peu de sueur perlait au-dessus de sa lèvre, là où le soleil s'était posé à travers les persiennes.

Marie-Liesse, pendant ce temps, cueillait les fleurs jaunes du safran, sans lâcher le romarin et la sauge déjà ramassés. Elle allait en bourrer la carcasse de son poulet. En se relevant avec peine dans la chaleur, elle aperçut un jeune homme à grandes lunettes noires qui traversait le jardin en short et claquettes, l'air bien content :

— Et qu'est-ce que c'est que ça, maintenant ? ! ? s'exclama-t-elle.

Kevin-Barracuda83 fit comme si de rien n'était et continua vers le portail.

— Ah, mais c'est que ça ne va pas se passer commeu ça. C'est uneu propriété privée !

La dame en tablier s'avança vers lui, pressant le pas de ses petits pieds juchés sur ses semelles com-

175

pensées; le garçon aussi, sans oser se mettre à courir. Elle arriva en soufflant à sa hauteur, devant la terrasse où se trouvait déjà Séverine, un livre à la main:

— Vous venez d'où, jeune homme? On peut savoireu?

— De...

Il montrait du doigt l'autre côté du jardin, tout en essayant de garder le geste vague.

— Eh ben, moi je sais, grand fada: vous venez d'un des bungalows des pensionnaires. Voilà. Si les gens qu'on inviteu, qu'on nourrit trois fois par jour pour qu'ils écrivent leurs ouvrages, ils se mettent à faireu venireu des beaux gosses au lieu de travailler, ça va pas. Dans le règlement, on leur demande d'écrireu des livres, pas de faire des galanteuries.

— Ce jeune homme est avec moi, dit Séverine.

— Avecqueu vous?!

— Oui, c'est un de mes anciens élèves. Il s'appelle... Mathieu Molé.

— Mathieu Molé?

— Oui.

Séverine n'avait trouvé que ça, plongée qu'elle était dans la liaison passionnée de Chateaubriand et Cordélia de Castellane, de vingt-huit ans sa cadette. Il lui écrivait qu'il voulait qu'elle lui donne un fils. Leur histoire avait duré six mois, le temps pour Cordélia de briser le cœur de son amant historique, Mathieu Molé, puis de le reprendre – l'habile Mathieu, celui qui avait pourtant si bien séduit Napoléon, Louis XVIII et Louis-Philippe.

De chacun, il avait été un des ministres favoris. Séverine rougissait de peur que Marie-Liesse ne découvre le pot aux roses. La cuisinière, sans lâcher ses touffes aromatiques, les toisait l'un après l'autre, émettant un « *Mmhmmh* » sublime, sorte de *Om* à l'envers pour invoquer le soupçon qui pesait sur l'univers tout entier, à défaut de la communion du *pranava mantra*.

— Pardon, Marie-Liesse, j'ai oublié de vous prévenir. J'ai rencontré Mathieu, plage des Salins, ce matin, et je lui ai proposé de me rejoindre ici pour lui offrir un de mes livres sur Chateaubriand.

Alliant le geste à la parole, elle lui tendit comme un automate l'énorme volume de correspondances qu'elle tenait à la main.

— Eh bé, ça c'est vrai, dit Kevin en l'attrapant.

— Pour cetteu fois, ça ira. La prochaineu, c'est le renvoi, tout bonneument.

Et Marie-Liesse s'éloigna vers la cuisine en serrant ses plantes, pas dupe. Ce garçon lui disait quelque chose… Et pour cause : il lui servait un pagre ou un beaux-yeux, une fois par semaine.

D'énervement, elle fit voler le rideau de perles de la cuisine, puis, un peu calmée par la vision de ses fourneaux prometteurs, elle martela : « Si elleu croit qu'on apprend à uneu vieille guenon à faireu des grimaces. »

« Vieille guenon », répéta Ali qui apprenait le français en fatiguant la salade. Puis il sursauta au bruit de la machine à glaçons, lointain écho du Perito Moreno.

La résidence d'écrivains était uneu maison de rendez-vous, se dit Marie-Liesse tout en bourrant son poulet. Elle voyait sa vie comme un chapelet de gros titres de *Var-Matin*. Son soliloque continua alors qu'elle portait les toasts à la poutargue de l'apéritif, aidée du patient Ali :

— Cetteu Séveurine Baluze, elle est forcément dans le coup. Moi je dis, trop nunucheu pour être honnête, avecqueue ses lunettes comme uneu mouche.

— Une mouche. *Fly ?* demanda Ali, en vain.

— Et la Hortense, avec son aireu d'extaseu depuis trois jours…

Marc l'entendit, et il trouva sa dulcinée encore plus merveilleuse. Au moment de passer à table, Hortense fut avertie par Kevin sur son téléphone qu'une pensionnaire à grosses lunettes l'avait sauvé du renvoi. Comprenne qui pourra, elle glissa discrètement à son ancienne prof autrefois détestée : « *From now on, there is no you, no me.* » Les deux femmes prirent garde de ne pas faire éclater au grand jour leur nouvelle complicité. Elles s'ignoraient un peu et se souriaient discrètement. Pierre, Rodolphe, Marc et Rose regardaient autrement l'aventureuse Séverine qui avait enfreint le réglement.

22

Le soleil du Kon Tiki

« Le sens rôde et ne se fixe pas. »
ROLAND BARTHES,
Nouveaux Essais critiques.

Le nom de Kon Tiki écrit en lettres géantes sur la route des Plages rendait hommage à un radeau fameux. Un anthropologue norvégien l'avait construit afin de vérifier l'hypothèse selon laquelle les Incas avaient exploré l'océan Pacifique en se laissant dériver. Rose l'ignorait. Elle ne fut cependant pas moins surprise que Thor Heyerdahl recevant en pleine figure des poissons volants sur l'atoll de Puka Puka, lorsque le directeur du camping lui colla deux baisers moites en guise de bienvenue. Son brusque mouvement de recul, son glacial « *Bonjour monsieur* », irritèrent tout de suite. Rien à voir avec l'Agnès si sympa de Global TV Saint-Tropez. Le refus assumé par l'Anglaise de complimenter le concept de loisirs à trois cent soixante degrés, puis de visiter l'espace Tir à l'arc tout neuf achevèrent leurs bonnes relations. Tant pis. Le directeur se résigna à installer la bêcheuse sous le parasol aux couleurs du lieu : orange avec deux bandes blanches horizontales.

— Les bateaux vous voient de loin avec ça.

Rose cherchait des yeux la mer, sans la trouver.

Sans daigner répondre, le directeur prit son talkie-walkie et se fit envoyer un employé pour transporter l'étrange valise pleine de livres jusqu'à la table, car le sable bloquait les petites roues du diable.

— Là, on est sur les activités piscine, lui dit-il ensuite. Les *Kontikers* vont arriver d'ici vingt minutes, ils sont prévenus. Je vous laisse installer vos bouquins sur la table, on m'attend au 112.

— *Lovely.*

Rose resta seule. Elle cherchait toujours une mer turquoise. Des petits palmiers plantés récemment et des plumeaux blancs spectaculaires s'étalaient sous ses yeux, et, au-delà, des arches de toutes les couleurs s'agitaient comme d'inutiles rubans de pom-pom girls au rythme d'une musique de Donna Summer. Elle reconnut des frites de piscine ; sous chacune se cachait un lecteur possible. Ragaillardie, Rose posa son lourd petit coffre-fort métallique à tiroirs sur la table et l'ouvrit avec une clef qu'elle s'accrocha ensuite autour du cou. Puis elle attendit et, avec l'attente, une mélancolie lui vint. C'était fréquent ; il suffisait qu'elle repense à une conversation, à une phrase.

Sous son parasol, cet après-midi, une phrase de Randolph, son horrible frère, l'envahissait, « *after the 15th of November we do not sale tickets anymore* [1] », pour lui signifier qu'elle ne serait plus la bienvenue pour le soir de Noël 2015, ni pour les suivants, dans la demeure familiale – ouverte à la visite comme monument historique. Le Bad Sex in Fiction Award avait tout déclenché. Rose restait privée d'Alastair, son neveu chéri. Que devenait-il, depuis tout ce temps ? Elle savait qu'il travaillait à Hong Kong, dans un bureau de finances, et c'était tout. Ses taches de rousseur en vaguelette sur son nez étaient irrésistibles ; et sa façon, petit, de lui tendre un livre à deux mains pour qu'elle lui fasse la lecture. Est-ce que son cher Alastair aurait aimé la voir, aujourd'hui ? Son père était capable de l'avoir menacé de le déshériter au profit de son frère cadet, s'il entrait en contact avec sa tante indigne. Déjà qu'il avait pleuré à l'annonce du Brexit.

Il lui restait ses livres à écrire, Sophie Rostopchine, Moscou en flammes. La vision d'un jeune barbu bronzé lui apportant une bouteille de rosé couverte de givre dans un seau à champagne en bois, la réconcilia avec son présent. Outre son goût pour ce breuvage, né et grandi au mas Horatia, elle allait pouvoir

---

1. « Après le 15 novembre on ne vend plus de tickets au public. »

mettre à rafraîchir sa propre bouteille de vodka. L'endroit n'était pas si hostile. Le tire-bouchon s'enfonçait dans le liège.

— Les caravanes sont garées plus loin? demanda Rose.

— Eh, non! Ici, au Kon Tiki, on pratique le *bungaling*, pas le *camping*. Vous ne verrez pas de caravanes chez nous.

—Très bien.

Rose ne saisit pas, bien sûr, l'allusion au Jacky national du film *Camping 2*. La vue des mains tatouées du jeune homme lui fit penser aux doigts imbibés d'huile solaire qui bientôt tourneraient les pages de ses livres tout neufs sans les acheter. Elle mit de côté ce qui allait être « *l'exemplaire de consultation* », puis s'enfonça dans sa chaise pliante inconfortable. Quand le barbu lui dit d'un air entendu que si elle voulait, ce soir, il pouvait la faire entrer à la soirée « *Sosies de Johnny Hallyday* », elle répondit par un laconique : « Non merci. »

— Parce que le travail des sosies, c'est maintenant qu'il est mort, Johnny, que ça commence vraiment.

— *Really*?

Elle ne tenait surtout pas à creuser ; elle n'avait jamais mis les pieds chez Madame Tusseaud.

—Vous savez qu'il y en a trente-six mille en France?

Une phrase d'Oona lui revint bizarrement : « L'acte zéro des Gilets jaunes, c'était l'enterrement de Johnny à la Madeleine. » Sa petite table de camping croulait sous les livres. *Sitôt mes cinquante-trois exemplaires vendus, se dit-elle, je m'évade de cet enfer.* Il faut le souligner, malgré son kilomètre lancé quotidien de natation plage des Salins, les brises fraîches de l'Oxfordshire en juillet commençaient à lui manquer.

« *My god!* » s'exclama Rose. Une horde en costume de bain fonçait droit vers elle, les frites de piscine de toutes les couleurs sous le bras, certains encore ruisselants. À chacun de leur pas, un petit couinement aqueux s'échappait de leurs claquettes. Mais, par miracle, à cinq mètres des livres, ces gens formèrent une file parfaite, telle l'armée de Wellington au matin de Waterloo, et s'immobilisèrent.

— *Le Séducteur français.* C'est un bon titre, ça, lui lança le premier campeur dont le gros nombril poilu venait d'envahir le champ de vision de l'autrice.

— Ça se passe en Angleterre, dit-elle en fixant le nombril rebondi.

— Comme le film *Austin Power!*

— Exact!

— Bon, ben, je vous en prends un. Vous pouvez me faire une dédicace? À Jérôme?

— *Lovely* Jérôme, impérial. J'ai de la monnaie.

Et Rose tourna la clef dans la serrure de sa petite boîte en métal vert. Elle savait aussi oublier ses états d'âme et les nombrils.

— *Chateaubriand, le séducteur français*? C'est une histoire d'amour avec un cuisinier? demanda la suivante, dont l'eau de ses cheveux mouillés cascadait dangereusement près des livres.

— *Right*. C'est le cuisinier de Chateaubriand qui a inventé le filet de bœuf, servi saignant à l'ambassade de France à Londres, en 1822.

— J'adore cuisiner la viande, et j'adore les histoires d'amour : je vous en prends un. Vous me le dédicacez, à Stéphanie. Et mettez bien la date et qu'on est au Kon Tiki. Ça fera un souvenir.

Après avoir encaissé les vingt-deux euros – elle ne signait jamais un livre avant, puis verrouillait son coffre-fort portatif –, Rose brandit son stylo-plume et écrivit : « *À vous, Stéphanie, qui aimez l'amour et la gastronomie. Kon Tiki, le 19 juillet 2019.* »

— *Next!* gronda-t-elle en refermant le livre.

Une femme de quarante ans s'avança, en robe de plage à grosses fleurs fuchsia et orange assortie à son vernis à ongles :

— Moi, c'est Marianne. Je n'ai pas trop l'habitude de lire…

Marianne fixait la couverture : un dessin du visage de Chateaubriand entouré de trois jeunes femmes qui le regardaient, l'air enamouré. Hésitante, elle lut le titre, puis demanda :

— Je peux regarder à l'intérieur ?

— Pour ça, prenez l'exemplaire de consultation.

Marianne lut à haute voix, lentement : « *Il ne suffit pas de dire aux songes, aux amours : "Renaissez !" pour qu'ils renaissent ; on ne peut ouvrir la région des ombres qu'avec le rameau d'or, et il faut une jeune main pour le cueillir.* »

— Là, je cite Chateaubriand.

Marianne resta songeuse.

— C'est beau... C'est bizarre mais c'est beau, finit-elle par dire... Bon, ben... je vais tenter ma chance. Je vous le prends.

Elle avait préparé son billet, plié en quatre, et une pièce de deux euros. Rose les mit dans son coffre, puis s'empara du livre pour sa dédicace. Le soleil se réverbérait maintenant sur le sable, l'obligeant à cligner des yeux.

Marianne repartit en serrant le livre, assez émue. Si elle en avait été capable, la Britannique se serait attendrie à son tour de cette rencontre, pour la première fois, entre une jeune femme et le phrasé littéraire.

— Je suis *Le Séducteur français*, annonça une voix de boute-en-train, et de grands éclats de rire masculins jaillirent de la file, déclenchant chez Rose une moue de dégoût.

— C'est pour ma femme, clama le vacancier. Vous mettez : « *Pour Justine* »...

185

Le soleil agaçait Rose autant que ses clients : il avait tourné, comme on dit, et le parasol ne l'avait pas suivi. Personne n'était venu le déplacer. Au Kon Tiki, on avait zappé l'Anglaise qui se prenait pour je sais pas quoi.

23

Pour être aimé

« [...] par ce sentiment de la brièveté de toutes choses qui fait qu'on veut que chaque coup porte juste, et qui rend si émouvant le spectacle de tout amour. »

MARCEL PROUST,
À la recherche du temps perdu.

Pierre rentrait de son jogging, ruisselant mais songeant à la formule cryptée qui revient sans cesse dans les lettres de Stendhal, à la fin de sa vie : « SFCDT » – Se Foutre Carrément De Tout. Elle le faisait sourire. Sur le parking du mas, Rose portait sa valise tel le panier du Chaperon rouge au début du conte. Elle dégaina la première :

— Votre pantalon de jogging rappelle les fameux flagellants du Moyen Âge.

— Je le prends comme une amabilité, venant de quelqu'un qui remonte aux Plantagenêts. C'étaient vos livres à vendre, que vous aviez dans votre valise qui m'a coincé le dos ?

— *Yes.* J'ai tout vendu. Cinquante-deux.

L'académicien sentit bouillir sa jalousie d'auteur. Mais l'Anglaise poursuivit :

— Vous êtes de santé fragile ; vous devez savoir que courir, c'est très dangereux pour vous : les alvéoles des poumons s'écartent et les nanoparticules de pollution pénètrent à l'intérieur.

— Moins dangereux que le soleil : vous êtes couleur rose cervelle, Mademoiselle Rose.

Outre le jeu couleur / prénom, un sourire narquois le gagnait en pensant que l'Anglaise n'avait rien de la brune Mademoiselle Rose du Cluedo ; celle des années 1970 et 1980, tellement sexy, responsable de millions de fantasmes lors d'innocentes parties en famille.

— Ces cinquante-deux lectrices futures, c'était épatant... j'en ai oublié de déplacer mon parasol !

— *Brain pink,* répéta Pierre en articulant. Ragaillardi, il s'éloigna au trot. Rose poursuivit son chemin en direction de sa chambre. Elle se sentait brûlante et en accusa les brumes de la ménopause.

— Ma paroleu ! C'est l'écrevisse de Downeu towneu Abbey que vous nous faites ?!

Marie-Liesse, catastrophée, l'entraîna dans la cuisine. Dans la fraîcheur du ventilateur, elle la persuada de laisser enduire ses bras meurtris de crème fraîche :

— Il n'y a que ça. Les produits de la cosmétiqueu, touteu cette chimie : j'y crois pas ! On sait de quoi c'est fait. Ou plutôt : on ne sait pas !

Rose ne savait plus rien. Les caresses de la spatule caoutchouteuse, les bras, le décolleté, le front, les joues, ce n'était pas si désagréable. Elle se laissait faire. Qui d'autre ne s'était jamais occupé d'elle ainsi ? Elle dut attendre que ça pénètre, assise sur une chaise en paille.

Quand elle ressortit sur la terrasse, la chaleur s'abattit de nouveau sur elle. Aller s'allonger, absolument. Faire marcher le ventilateur de sa chambre. Marc la prit à part :

— Vous savez, je me suis permis de lire votre ouvrage, *Le Séducteur français*. Vous aviez oublié un de vos livres sur la terrasse.

— Ah, lui répondit Rose, agacée.

Elle regarda les mains à petits pouces de l'universitaire. Elles avaient dû corner les pages de l'exemplaire emprunté sans autorisation. Le cocktail vodka-rosé-chaleur augmentait son agressivité :

— Vous allez me le rendre, si vous l'avez lu. Ce n'est pas *fair*, Marc : j'ai dû refuser des ventes. Je savais bien qu'il m'en manquait un.

— Bien sûr, bien sûr. Je peux vous l'acheter, si vous en êtes d'accord, ça fera un souvenir de mon séjour ici. Vous savez, commença Marc en rougissant, vous allez me dire que c'est un truc de Français de toujours inventer des catégories, mais vous avez inventé un nouveau genre littéraire.

Rose aux épines se fit Rose sans épine. Elle écarquilla les yeux comme avait dû le faire la Sophie des *Malheurs de Sophie* à l'instant où elle aperçut dans sa boîte, la poupée de cire.

— Oui, continua Marc, un genre littéraire à mi-chemin entre la biographie et le roman, et qui n'est pas non plus la biographie romancée.

— Vraiment?

— À chaque page, il y a cent informations vraies, et trois saynètes qui, elles, sont le fruit de votre imagination. Mais ces saynètes permettent de saisir la vérité; par exemple la vérité du caractère de Chateaubriand : quand il s'enfuit sur le chemin, parce qu'il est marié et ne peut épouser la jeune Charlotte qu'il a séduite, c'est sa passion de l'échec, mue par sa passion du regret, que l'on comprend. Votre fiction est plus proche de la vérité que la réalité. Je me permets donc de dire que vous avez inventé une nouvelle catégorie littéraire : la « *supra-fiction* ».

— *Oh! Marc, you're so adorable.* Merci, merci « *beaucu* ».

— Sincèrement, pour ce livre, vous auriez dû avoir un prix.

— *No!!!*

Et, après tout ce soleil, après les glaçons fondus et la vodka tiédie, après toutes les confidences ensablées des « bungaleuses » du Kon Tiki, porteuses de tant de regrets ou tout simplement du temps qui passe, après les malheurs de la comtesse de Ségur dont Lady Rose s'imbibait en solitaire comme une éponge, avec le retour soudain du *Bad Sex Scene in Fiction Award,* si humiliant, le rejet de son frère, son neveu qui lui manquait, sans compter les amours folles, déçues ou inachevées, que chacun porte en soi, à l'insu des autres, elle fondit en larmes dans les bras de Marc, et elle fondit longtemps.

Alors que sa chemise à carreaux recueillait les larmes britanniques, Marc pensa qu'Umberto Eco avait bien raison : on écrit pour être aimé.

24

La visite de l'éditeur

« La littérature n'est pas faite pour être le pot
de chambre de nos émotions. »
GUSTAVE FLAUBERT, lettre à Louise Collet.

Rose pleurait dans les bras de Marc, Hortense s'était
endormie dans ceux de Kevin sur une crique de La
Moutte et, de ses petites pattes, Jean-Michel creusait
la terre en agitant la queue. Oona tapait fébrilement
sa scène du rond-point; Séverine rêvait à la possibilité
d'un enfant grâce à Philippe Sollers.

Seule sous la pergola, Nadège s'apprêtait à quitter
son état de prostration.

Elle était assise en travers d'un transat et attendait
son éditeur. Encore incrédule, les pieds sur le sol à
damiers, son manuscrit à la main. Son bras gauche
reposait sur ses genoux, elle restait gracieuse et féminine dans l'inquiétude. Une héroïne de Musset. L'admiration qu'elle vouait à *La Fin d'un monde* – le titre
de son livre à venir – était celle qu'elle vouait à sa

propre personne. Comme l'aurait fait l'annonce d'un succès, son manuscrit la remplissait d'un rayonnement serein qui la rendait belle – d'une beauté un peu désuète, en route vers la maturité. Pour un éditeur, en revanche, ce texte restait une forteresse difficile à assiéger.

Après le train arrêté une heure au milieu des chênes-lièges à cause d'un départ de feu de forêt, après l'erreur de *catering* de la SNCF qui avait conduit à l'annonce répétée seize fois depuis Paris – des voyageurs les avaient comptées –, « je suis votre barista, il n'y aura aucune boisson disponible à la vente en voiture-bar », l'autocar qui transportait l'éditeur zélé Emmanuel Deschamps de la gare de Hyères-les-Palmiers à la gare routière de Saint-Tropez avait pris une demi-heure de retard. *Les embouteillages estivaux*, se disait-il ; et la satisfaction d'employer l'adjectif « *estival* » aurait presque compensé le désagrément, si les sacs à dos des vacanciers, véritables gourdins Néandertal, n'avaient pas manqué de l'assommer à chaque arrêt, c'est-à-dire toutes les vingt minutes. Des gens en short montaient ou descendaient, puis c'était un sursaut dans une vapeur de gazole, et le car repartait.

Biiip. Les SMS d'excuse pour ce retard se succédaient, lourdingues et bien élevés, accompagnés de tintements désagréables aux tympans, que Nadège n'arrivait pas à désactiver. Aucun message ni bouquet

193

de fleurs n'aurait pu amoindrir son sentiment d'injustice. Les « trop long », les « on s'ennuie » et les « rébarbatif, coupez! » d'Emmanuel Deschamps, inscrits en rouge dans la marge, restaient indélébiles. Biiip. « *Je suis à vous dans vingt-cinq minutes, chère Nadège, gardez-vous des insolations!* » Elle détestait les points d'exclamation et aimait la chaleur comme l'aime le gecko sur l'argile. *Bien une remarque de type qui passe ses vacances en Bretagne,* pensa-t-elle en trempant ses lèvres dans du thé glacé.

Le type en question, à l'étroit et au très chaud dans l'autocar – c'est en été que l'on découvre les pannes de climatisation –, regardait avec effroi les marécages de transpiration s'agrandir sur sa chemise collée à sa peau humide. Le tissu de laine synthétique du siège le piquait. Il ressassait tout bas : « Des histoires de divorces, il en sort dix par an, quand ce n'est pas la mort du père, la mort de la mère, ou l'expérience de la maladie. Des confidences à l'échelle 1, des chroniques larmoyantes, sur fond de solitude des grandes villes ou de points formation... Et ça se prend pour de la littérature! Et ça s'appelle un livre! Faudrait un autre mot pour ça. Ras la casquette de l'autofiction! »

Une petite voix lui murmurait que Nadège Voynaire lui attirerait des ennuis. Il l'avait fait venir chez Gallimard en mode Pythie de Delphes. Il voyait pour elle de grands prix littéraires. Elle avait hésité, ou fait semblant d'hésiter, invoquant le lien affectif qui l'unissait à la famille Grasset – des seigneurs, des amis. Un roman sur ses relations difficiles avec sa mère, *Le Mauvais Objet*, n'avait pas bien marché. Deschamps lui avait néanmoins obtenu, de haute lutte, un second gros à-valoir. Il avait dû défendre *La Fin d'un monde* dans un silence de mort. Tout cela le mettait en délicatesse ; lui, un nouveau venu dans la grande maison de la NRF. Auprès du Grand Chef, il s'était engagé à la faire retravailler : avec Nadège, ils s'entendaient très bien ; cela ne poserait aucun problème. C'était passé comme ça, la sortie avait été décalée de six mois. Pour ne pas inquiéter la belle Nadège, Emmanuel ne lui avait rien dit du peu d'enthousiasme général. Maintenant, il se rongeait les sangs et s'épongeait le front à Bormes-les-Mimosas en entendant sa voisine mâcher du chewing-gum.

À cet instant, au mas Horatia, Pierre, un peu sonné par les agressions de Mrs. Trevor-Oxland sur sa santé et son survêtement – si elle avait été comtesse de Ségur, celle-là, les petites filles modèles auraient été de sacrées salopes –, aperçut Nadège sous la pergola. Son premier réflexe fut de bifurquer vers la piscine. Il s'intéressait sincèrement au travail des autres auteurs, surtout quand c'était celui de jolies autrices – ce mot existait au XVIIe siècle, des machos de l'Académie française l'avaient supprimé au XVIIIe et, lui, le remet-

195

trait; une façon comme une autre de faire barrage à l'abjecte écriture inclusive. Il avait longtemps dirigé une collection littéraire, passé sa vie à recommander des manuscrits de débutants, mais Nadège, dès le petit déjeuner, l'enterrait vivant sous sa litanie des coupures exigées par son éditeur cruel et abusif. « Même la scène où ses enfants du premier mariage me rappellent que je ne suis pas chez moi, il me demande de la couper », lui assénait-elle devant son café crème, l'empêchant de se plonger dans *Var-Matin*. À l'avenir, évitons les prises d'otage de cette ennuyeuse, s'était-il dit la veille. Mais évitons avec délicatesse : le croissant au beurre trempé dans son café l'incitait à la clémence.

Trop tard pour contourner le mûrier, la Grande Narcisse lui faisait signe d'approcher ; il accéléra et marcha droit vers elle.

— Il n'est pas arrivé ? – Aucun pensionnaire n'ignorait cette venue.

— Un feu de forêt…

— Ne vous inquiétez pas ; s'il vient jusqu'ici pour vous voir, alors qu'il a toute sa rentrée littéraire à préparer, c'est qu'il croit en vous. Hauts les cœurs, chérie !

Et il n'attendit surtout pas sa réponse pour fuir. Ouf !

— Merci. C'est une évidence, dit-elle sans remarquer son départ. Si l'on avait éliminé la scène de l'église dans *Le Rouge et le Noir*, quand Julien tire sur Madame de Rênal, de quoi aurait l'air le livre? J'en suis là.

Emmanuel Deschamps en était à une inquiétude de plus: à cause des retards de la SNCF, puis de l'autocar de la compagnie Zou!, il ne pourrait prendre son train de retour le soir même comme prévu. Il lui faudrait passer une nuit à l'hôtel, une dépense jamais imaginée par sa maison d'édition. La stagiaire dressée aux économies lui avait pris un billet de chemin de fer non modifiable. Il devait racheter intégralement son billet de retour. Billet Ouigo: mon cul! *Langue globish* épouvantable, il s'en souviendrait… Quand serait-il remboursé? Et le taxi pour aller de la gare routière à la résidence d'écrivains?… Quelle idée il avait eu de venir! C'était bien lui, jouer les Don Quichotte avec ses auteurs. Des ingrats, oui, qui n'hésitaient pas à s'adresser directement au propriétaire. « Je veux une sortie en septembre »; « je veux plus d'argent »… comme s'il avait mal fait son travail. Ils n'obtenaient jamais plus.

Enfin, Emmanuel enfila sa veste pour masquer sa chemise bonne à essorer, et descendit du taxi en éternuant à cause de la clim. Sa sacoche fatiguée – il l'avait reçue pour son accessit au concours général de français – pesait une tonne. Encore sa manie de partir avec quatre -manuscrits par peur de perdre du temps. La poignée venait de craquer. Il sonna au portail, lissa une mèche maigrelette, et se remit à ruisseler dans son costume gris clair lustré.

« On dirait tout comme l'inspecteur des impôts qui a embêté Monsieur Eddy à cause de ses belleus voitures, dit Marie-Liesse à haute voix devant l'image floue de l'écran de surveillance. Mérite pas d'entrer, celui-là. »

La cuisinière pivota pour jeter un coup d'œil aux belles bulles de cuisson d'une blanquette de veau occupée à mijoter et, inspirée par le fumet de crème fraîche qui s'échappait de sa cocotte, elle se servit un petit verre de limoncello. Fallait ça. Puis elle s'assit sur la banquette tachée où l'attendait son *Gala*. L'horoscope de la semaine – elle était Taureau ascendant Balance – lui annonçait une visite inopinée. De qui ?

Au troisième coup de sonnette, elle lança un : « C'est pas vrai ! », appuya ses deux mains potelées sur la table et, dans un gros soupir, se leva, sous l'effet imaginaire d'une traction par poulie. Devant l'interphone, elle prononça un oui impérial sans ouvrir. « Emmanuel Deschamps, l'éditeur de Mme Nadège Voynaire », tout gris devant la caméra invisible, dut expliquer pourquoi il tenait tant que ça à franchir le portail du mas Horatia. Ça méritait une justification, ce dérangement. Ça leur fera les pieds à tous ces gens qui n'ont rien à fiche à Saint-Tropez. « Est-ce que moi je vais à Knokke-le-Zout ? » demandait parfois Marie-Liesse aux commerçants de la place aux Herbes. Elle partageait avec le capitaine Haddock le goût des « *k* » et des « *ou* ». Sa presqu'île portait le prénom de son défunt père, marin pêcheur : Tropez Bistagne. Si elle devait recevoir des visiteurs, ce serait des « *pipole* ». Les autres, c'est simple, on n'en a pas besoin ! Et surtout pas les inspecteurs du fisc ! Pour l'amour de l'humanité, elle ouvrit.

— Emmanuel, j'aimerais retrouver votre enthousiasme du premier jour, quand vous m'avez fait quitter Grasset, commença la douce Nadège, après un mince bonjour sans lui proposer de s'asseoir.

— Mon enthousiasme est là. Surtout, ne vous inquiétez pas. On peut s'installer à cette table ? Est-ce que vous pensez que je pourrais avoir un verre d'eau ? C'est l'heure de la sieste. Je pensais croiser plein d'écrivains, la maison a l'air totalement déserte. Vous êtes combien ? Au portail, j'ai cru qu'on ne m'ouvrirait jamais. Quelle chaleur !

— La seule qui ait vécu cette histoire, la seule qui ait vécu *Fin d'un monde*, c'est moi.

— J'entends bien, Nadège ; j'entends bien.

Voilà, les problèmes. Il posa l'énorme manuscrit

sur la table, ouvert au chapitre XII, à balancer en entier. Autant s'attaquer tout de suite aux gros morceaux.

— Ah, le chapitre XII, s'exclama Nadège en mode Phèdre et ses vains ornements, acte Ier, scène 3. Je ne comprends pas ce qui vous prend.

Elle caressa la page de sa longue main fine. Une bague serpent enlaçait son majeur.

— Nadège, dit l'éditeur en chassant un chat imaginaire dans la gorge – c'était son tic –, le contenu de ce chapitre – je ne vous parle pas de forme, là ; je parle de contenu –, est un peu… redondant. Les thèmes qui y sont évoqués, l'égoïsme du personnage masculin, sa négligence, son refus de l'engagement…

— Sa phobie de l'engagement, vous voulez dire.

— Oui. Tous ces thèmes ont déjà été mis en place avant. Le lecteur les a bien en tête, vous savez.

— On ne peut pas dissocier le fond de la forme. Dans le chapitre XII, j'installe le lancinant du couple de *La Fin d'un monde*. Vous n'avez pas compris mon propos, si vous me demandez de dépecer ce chapitre.

Pour l'éditeur, il fallait tout jeter.

— Au contraire, Nadège ; au contraire. Je vous suis totalement dans votre propos… Mais cette évocation de la radinerie de votre mari…

— Du personnage de Victor, l'interrompit-elle.

— Pardon. Cette évocation de Victor, donc, on la trouve aussi page 111, page 217, page 323 et page 517 –

Emmanuel Deschamps était, hélas pour lui, un éditeur incroyablement sérieux.

— Vous me parlez d'autofiction, Emmanuel ; vous n'y étiez pas : ces mots ont été les nôtres. Leur répétition, nous l'avons vécue. Si vous coupez, poursuivit Nadège les yeux embués, vous perdez le sens du texte.

— Je ne pense pas.

— Pour Jeanne, dit-elle comme si elle parlait d'un être réel – et c'est vrai que son héroïne avait pour elle plus d'existence que n'importe quel être vivant –, cette répétition est un bombardement. Le sens naît de la répétition.

Maintenant elle se prend pour Beckett, se dit Deschamps qui attendait toujours son verre d'eau. Une sortie d'arrosage automatique crachotant des petits jets hiératiques lui donnait furieusement envie d'y coller sa bouche.

— L'architecture du livre s'écroule si vous retranchez quoi que ce soit du chapitre XII. Vous voulez un récit difforme ?

Emmanuel Deschamps prit son courage à deux mains et, pour la première fois depuis son arrivée, il la regarda droit dans les yeux :

— Pas du tout. Au contraire ! J'aimerais juste que votre récit soit plus rapide, plus *crisp*, pour employer un mot anglais – il n'avait jamais terminé sa thèse sur *Aspern Papers* d'Henry James.

— J'ai travaillé trois ans sur ce manuscrit, dit-elle d'un ton solennel, alors que sa main attrapait l'unique verre de thé glacé, si attirant.

— Vous avez aussi écrit pour la télévision, pendant ces trois ans.

— C'était alimentaire. Si vous aviez lu mon histoire attentivement, vous sauriez que mon mari était avare.

— C'est dit clairement, et plusieurs fois, je m'en étais rendu compte. Notez, je ne critique pas les séries, beaucoup disent que HBO est LE nouvel espace de narration.

— C'était pour France 3 Régions.

Sa souffrance des débuts lui revint, sous forme d'une saynète vécue. À la parution de son premier roman – sur ses grands-parents –, elle entrait dans les librairies, cherchait son livre sur les présentoirs, et ne le trouvait pas. C'était le même pincement de tristesse. Elle fouillait les étagères, sous les tables d'exposition, partout. Chez son libraire, elle l'avait cherché en vain. Pour ne pas être reconnue, elle avait gardé ses lunettes de soleil :

— Avez-vous *Grands-Parents*, le livre de Nadège Voynaire ?

Le monsieur derrière son gros ordinateur avait tapé longtemps sur son clavier, puis sans quitter des yeux son écran, il avait répondu :

— On a eu un exemplaire, c'est en commande.

202

Elle s'était toujours sentie heureuse dans cette librairie, choyée par ces livres qui se tenaient là en amis. C'était comme si ces mêmes vieux amis s'étaient moqués d'elle. Un désaveu, une mise à distance de ce lieu chéri. Quelque chose s'était rompu.

— Bon, je vous laisse réfléchir pour le chapitre XII, continua Emmanuel Deschamps ; je pense qu'on pourrait essayer de l'enlever. On va avancer sur ces deux pages, 213 et 214.

—Vous ne pouvez pas amputer mon livre parce que vous avez un problème avec les réflexions psychologiques.

— Est-ce que c'est vraiment une réflexion ? Je vois plutôt une critique récurrente – redondante, en vérité – du mari, de Victor.

—Vous n'aimez pas cette histoire, c'est tout ; la solitude d'une femme dans une grande ville moderne ne vous touche pas.

— Mais non ! Là n'est pas le sujet.

— Mettez de côté votre solidarité masculine.

— Je suis l'ami des femmes, Nadège, vous le savez bien.

Elle ne lui avait jamais posé une seule question sur lui et ignorait donc que sa courageuse mère l'avait élevé seule, lui et ses trois sœurs.

Elle tourna la tête vers le jardin, sans rien dire.

— Bon, c'est trop long. Je suis désolé, c'est trop long... Quatre cent cinquante-sept pages, c'est trop long.

—Vous auriez dit ça à Proust?

Le chat imaginaire à chasser de sa gorge évita à Emmanuel une réponse odieuse – on ne dit pas assez ce que doit aux tics la paix entre les êtres humains.

— Pensez aux traductions. Les livres longs sont très peu traduits.

Il était à bout d'arguments permettant de rester aimable.

—Vous êtes revenu triomphant de la Foire du livre de Francfort Emmanuel et rien ne s'est concrétisé pour mon roman précédent.

— Eh bien, justement – nouveau chat imaginaire chassé de sa gorge –, j'ai une *très* bonne nouvelle : pour *Le Mauvais Objet*, je vous ai obtenu une traduction en roumain !

— La promotion à Bucarest et l'hôtel sorti de *L'Archipel du goulag*, je m'en souviens. Je ne recommence pas.

Le luxe de Saint-Tropez lui monte à la tête, c'est le pompon, se dit l'éditeur, la langue collée au palais par huit heures de déshydratation. Entre deux lauriers-roses, la Méditerranée bleue le provoquait. Comme beaucoup, il confondait ce cadeau des dieux avec les biens matériels qui lui font face sur le rivage.

204

— Qu'est-ce que vous avez avec la Roumanie ? poursuivit Nadège. Un éditeur pingre en France, ça va ; en Roumanie, vous savez que j'ai eu droit aux punaises de lit ? !

Nadège ne disait pas toute la vérité. Elle avait aussi eu droit à Radu, ce jeune professeur du lycée Anna-de-Noailles venu écouter son intervention sur l'autofiction. Au petit cocktail du consulat qui avait suivi, il lui avait déclamé du Victor Hugo. Elle l'avait oublié, c'était le passage de Notre-Dame de Paris en feu qu'il lui récitait, visionnaire malgré lui : « *Deux gouttières en gueules de monstres vomissaient sans relâche cette pluie ardente qui détachait son ruissellement argenté sur les ténèbres de la façade intérieure... À mesure qu'ils s'approchaient du sol, les deux jets de plomb liquide s'élargissaient en gerbes.* » La fiction annonce toujours le réel. Et puis, échauffés par l'incendie et la vodka, voire par les petites saucisses de pastrami, toute la nuit ils avaient fait grincer un sommier communiste qui avait dû supporter la nuit de noces d'Elena et du jeune Ceaușescu, futur Danube de la pensée.

— Cette scène au téléphone, dit Deschamps en prenant son courage à deux mains, où le mari refuse de lui rembourser les courses de Noël, je pense qu'il faut la couper.

— Vous plaisantez ? !

— Non, je vous l'ai noté dans la marge, dit-il en montrant du doigt son écriture sur la page.

205

— Je l'ai réécrite onze fois. Vous n'imaginez pas ce que j'ai revécu en l'écrivant. J'étais en larmes.

Et Nadège éclata en sanglots. N'y tenant plus, Deschamps s'empara de son verre et but d'une traite le liquide cristallin ; ce qui abreuva sa colère comme par magie :

— Y en a marre à la fin ! Il ne faut pas confondre les livres – ne parlons pas de littérature ; ça, j'en ai fait mon deuil avec mon métier – et les confidences débiles, rabâchées. Allez voir un psy ! Ça suffit ! Merde, à la fin !

Deschamps s'essuya les lèvres et se leva, résolu à partir, un morceau de feuille de menthe collé à son menton.

— Vous avez renoncé à la littérature, lui dit Nadège sans cesser de pleurer. Vous pourriez vendre du shampoing, rue Sébastien-Bottin.

— Elle s'appelle rue Gaston-Gallimard.

Deschamps empoignait les pages et les enfournait chiffonnées dans sa sacoche bourrée, quand une voix virile et sûre d'elle, dotée de cette ironie qu'apporte une grande réussite professionnelle, lança :

— Ah ! Le picador de la littérature est arrivé !

C'était Rodolphe, des programmes du colloque à la main.

— Attention, Nadège est au bord d'appeler Antoine Gallimard pour se plaindre de vous. Elle me

206

l'a dit, ajouta-t-il en clignant de l'œil. Si, si, elle va appeler votre pharaon.

— Laisse-nous, lui rétorqua Nadège. Tu ne sais pas ce que c'est, être écrivain.

Cette phrase d'apparence anodine hypnotisa Emmanuel Deschamps ; il se rassit. Elle laissa Rodolphe déprimé jusqu'à la racine de ses cheveux gris.

— Je ne participerai pas au colloque, je ne puis, je suis trop bouleversée, déclara Nadège.

Le programme avait été imprimé avec, à sa demande, son nom en lettres de plus grande taille que les autres. Les bruits réguliers des marteaux sur les piquets en métal, destinés à accueillir la toile qui protégerait les intervenants du soleil brûlant, parvenaient du fond du jardin.

25

Colloque, acte Ier : Les amours multiples

« Vous ne saurez jamais que votre âme voyage
Comme au fond de mon cœur un doux cœur
adopté
Et que rien, ni le temps, d'autres amours, ni
l'âge
N'empêcheront jamais que vous ayez été. »
MARGUERITE YOURCENAR,
« Vous ne saurez jamais ».

— Impossible de lire les lettres de Chateaubriand, je n'ai plus de voix, ânonna Hortense à la table du petit déjeuner.

— Quoi ?! Vous aussi ?! Les invités sont là dans trois heures, s'écria Rodolphe, furieux. Il n'est pas question d'annuler, débrouillez-vous. Où est Oona ?! C'est insensé, ce manque de sérieux ! Elle doit accueillir les invités. Et Pierre ?

Nadège restait prostrée dans son bungalow, fermé à clef depuis la veille.

Hortense, muette malgré elle, se prit à imaginer Kevin déclamer à sa place dans le petit amphithéâtre, avec son accent chantant… « Mon dernier rêveu sera pour vous. »

Un quart d'heure plus tard, Oona et Jean-Michel rentrèrent, suivi de Pierre, grisé par les nuées de pins parasols qu'ils avaient vues glisser jusqu'à la mer. Ils avaient marché à travers les vignes, sur les chemins bruns du Capon.

— Oona m'a montré la maison sublime de la fille de Boris Eltsine. Vive le communisme! lança Pierre.

— C'est ça aussi, Saint-Tropez.

Le remède à base de miel de Marie-Liesse fit son effet : la voix d'Hortense revint. Oona confirma qu'elle remplaçait Nadège. Tout s'arrange toujours sous le soleil des heureux du monde, se félicitait Rodolphe.

— Je vais accueillir les gens de la mairie. Espérons qu'ils ne viennent pas avec leurs quatre cents voitures de fonction car on ne saura pas où les mettre!

— C'est un « pipole », votre Chateaubriand? demanda Marie-Liesse en apportant les œufs coque de Pierre. Parce qu'aujourd'hui, les « pipole », il n'y a que ça qui intéressent les gens. Même les pensionnaires, ici, tout ce qu'ils veulent, c'est faire célèbre, je le vois bien.

Séverine qui l'avait entendue, lui expliqua à quel point, hélas, Chateaubriand était de moins en moins lu.

— Ah, aloreu c'est tout comme un colloqueu humanitaire, que vous nous faites.

***

Hortense prit la parole au centre du petit amphithéâtre, rayonnante – elle venait d'apercevoir Kevin assis sur un gradin bondé, le torse moulé dans un t-shirt blanc :

— Nous sommes en mai 1803. Grâce au succès du *Génie du christianisme*, terminé dans les bras de sa maîtresse Pauline de Beaumont, tuberculeuse romantique qui se meurt d'amour pour lui, François-René de Chateaubriand parvient à être nommé premier secrétaire de légation à Rome. Mais, au moment de partir, il ne peut se résoudre à quitter sa nouvelle maîtresse, Delphine de Custine, surnommée la « Reine des roses », qui l'a beaucoup aidé à obtenir ce poste grâce à ses amitiés avec la famille de l'empereur : « *On voulait me faire partir aujourd'hui. J'ai obtenu par faveur spéciale qu'on m'accorderait au moins jusqu'à mercredi. Je suis, je vous assure, à moitié fou, et je crois que je finirai par donner ma démission. L'idée de vous quitter me tue. [...] Au nom du ciel, ne partez pas ! Que je vous voie au moins encore une fois.* »

Oona prit la parole à son tour. Marc, assis au bord de la scène, à la table des débats, l'encourageait en secouant la tête comme certains petits chiens au cou brinquebalant sur les plages arrière des voitures :

— Pauline de Beaumont, mourante, prend l'initiative folle de le rejoindre à Rome. Il l'aimera alors qu'elle s'éteint dans ses bras, car Chateaubriand, c'est aussi l'homme du chagrin : « *Le chagrin est mon élément : je ne me retrouve que quand je suis malheureux.* » 1806-1807 sont les années de la passion pour Natalie de Noailles, duchesse de Mouchy, reprend Hortense, sur laquelle nous avons hélas très peu de lettres. Simplement : « *Mme de Mouchy sait que je l'aime, que rien ne peut me détacher d'elle* », écrit-il à son amie Claire de Duras. Nous laissons le récit de cette passion à Pierre Doriant qui va intervenir après nous.

Oona continue :

— « *Il est impossible à une tête d'être plus complètement tournée que ne l'était la mienne du fait de Monsieur de Chateaubriand* », écrit Juliette Récamier à une amie ; « *je pleurais tout le jour.* » Chateaubriand et Juliette Récamier se sont croisés en 1801. Elle est une icône, le sculpteur Canova a immortalisé sa beauté dans le marbre. Lui est encore un jeune vicomte inconnu. Elle ne le remarque pas. Ils se retrouvent seize ans plus tard : Mme Récamier est une femme de quarante ans ; elle tombe follement amoureuse de lui et souffre de ses infidélités. « *J'ai enfin saisi ce rêve de bonheur que j'ai tant poursuivi. C'est toi que j'ai adoré si longtemps sans te connaître.* » Cette lettre n'est pas destinée à Mme Récamier mais à l'irrésistible Cordélia de Castellane. Surgie dans la vie de Chateaubriand alors qu'il est devenu ministre des Affaires étrangères, de vingt-huit ans sa cadette, il est fou d'elle. Victor Hugo rapporte à son propos cette petite malveillance : « *Elle ne peut pas donner un sou à un pauvre sans tâcher de le rendre amoureux d'elle.* » Elle est brune aux yeux bleu clair et au visage ovale. Pendant six mois, l'écrivain oublie pour elle Mme Récamier : « *Jamais je ne t'ai vue aussi belle et aussi jolie à la fois que tu l'étais hier au soir. J'aurais donné ma vie pour pouvoir te presser dans mes bras [...]. Quand tu es sortie, j'aurais voulu me prosterner à tes pieds et t'adorer comme une divinité. Ah ! si tu m'aimais la moitié de ce que je t'aime ! Ma pauvre tête est tournée ; répare en m'aimant le mal que tu m'as fait. À huit heures, je t'attendrai, le cœur palpitant.* » La prise de Cadix, le 5 octobre 1823, est l'aboutissement de sa politique visant à remettre un Bourbon sur le trône d'Espagne – et donc à restaurer l'absolutisme ! Mais il semblerait que pour le ministre et pair de France, cette date soit surtout le temps de la folie amoureuse : « *Je suis forcé de t'obéir et de rester ici pour cet immense événement. [...] Ainsi, je perds cette nuit que j'aurais passée dans tes bras !... Ah ! je puis t'écrire sans contrainte, te dire que je donnerais le monde pour une de tes caresses, pour te presser sur mon cœur palpitant, pour m'unir à toi par ces longs baisers qui me font respirer ta vie et de te* donner la mienne… *Tu m'aurais donné un fils ; tu aurais été la mère de mon unique enfant. Au lieu de cela, je suis à attendre un événement qui ne m'apporte aucun bonheur. Que m'importe le monde sans toi ?* »

— Cordélia le quitte quand il perd son ministère, dit laconiquement Hortense. Juliette Récamier accepte de le revoir. «*Vous me retrouverez tel que vous m'avez laissé, plein de vous et n'ayant pas cessé de vous aimer* », lui écrit-il. Ou encore : « *On m'arracherait plutôt le cœur que le souvenir de vous avoir tant et si longtemps aimée.* » Nommé ambassadeur, il doit repartir pour Rome en octobre 1828 : « *Ne vous désolez pas, mon bel ange. Je vous aime, je vous aimerai toujours. Je ne changerai jamais. Je vous écrirai ; je reviendrai vite et quand vous l'ordonnerez. […] Et puis je serai à vous à jamais !* »

Sa plus belle lettre de Rome date du 15 avril 1829. Il la reprend dans les *Mémoires d'outre-tombe* : « *J'aime jusqu'à ces cierges dont la lumière étouffée laissait échapper une fumée blanche, image d'une vie subitement éteinte. C'est une belle chose que Rome pour tout oublier, pour mépriser tout et pour mourir. Au lieu de cela, le courrier demain m'apportera des lettres, des journaux, des inquiétudes. Il faudra vous parler de politique. Quand aurai-je fini de mon avenir, quand n'aurai-je plus à faire dans le monde qu'à vous aimer et à vous consacrer mes derniers jours ?* »

213

Oona enchaîne, d'une voix amusée :

— Cet enthousiasme n'empêche nullement l'Enchanteur sexagénaire d'entretenir une liaison avec la pétillante Hortense Allart, de plus de trente ans sa cadette. Elle écrira ses mémoires sous pseudo, dévoilant leur intimité, choquant les belles âmes pieuses et admiratrices du sauveur de la religion : « *Vous serez ma dernière muse, mon dernier enchantement, mon dernier rayon de soleil. Je mets mon âme à vos pieds.* » À une ultime épistolière enamourée, Léontine de Villeneuve, dite l'Occitanienne, il écrira : « *Toutes les personnes qui se sont attachées à moi s'en sont repenties, toutes ont souffert, toutes sont mortes de mort prématurée, toutes ont perdu plus ou moins la raison avant de mourir. Aussi, suis-je saisi de terreur quand quelqu'un veut s'attacher à moi.* » Mais aussi : « *Je t'adore ; mais, dans un moment, j'aimerai plus que toi le bruit du vent dans ces roches, un nuage qui vole, une feuille qui tombe.* »

— Juliette Récamier reste sa bien-aimée, conclut Hortense : « *Je veux encore voir longtemps le soleil, si c'est avec vous que je dois achever ma vie. Je veux que mes jours expirent à vos pieds comme ces vagues doucement agitées dont vous aimez le murmure* », lui écrit-il le 28 août 1832. Ils se retrouveront chaque jour, jusqu'à la fin. « *Où vous manquez, tout manque. Je rentre en moi, mon écriture diminue, mes idées s'effacent ; il ne m'en reste plus qu'une : c'est vous.* » Il mourra dans ses bras en 1848.

214

Séverine, assise à la table des débats au bord de la petite scène, avait inauguré le colloque par un exposé sur Chateaubriand et l'amour du paysage : c'était un écrivain hanté par la survivance, la trace, qu'elle avait donné à voir. Son absence d'enfant en était peut-être à l'origine, mais elle ne l'avait pas dit ainsi. Après l'intervention d'Oona et Hortense, elle annonça qu'à la merveilleuse lecture de ces lettres que l'on rêverait de recevoir, elle voulait ajouter ceci :

— Il existe parfois un double malentendu sur Chateaubriand et le courant romantique. Chateaubriand lui-même a toujours refusé d'y être rattaché comme initiateur. Dans sa *Défense du Génie du christianisme,* il écrit : « *En s'isolant des hommes, en s'abandonnant à ses songes,* [Jean-Jacques Rousseau] *a fait croire à une foule de jeunes gens, qu'il est beau de se jeter ainsi dans le vague de la vie. Le roman de Werther a développé depuis ce germe de poison.* » C'est aussi un malentendu qui règne dans la vision que l'on a pu avoir du personnage réel : le vicomte François-René de Chateaubriand comme « *être romantique* ». Ses portraits, cheveux au vent face à l'immensité de l'océan, en font un personnage romantique par excellence. Néanmoins, on le voit bien avec ces amours démultipliées, et l'ambition politique qui fut la sienne – il fut ambassadeur, ministre et un membre très actif de la Chambre des pairs –, que la figure d'un personnage ravagé par la passion jusqu'à la destruction, à la façon d'un jeune Werther, est éloignée de sa réalité, malgré ses discours ponctuels, notamment dans sa correspondance privée. La question de Chateaubriand et de l'amour nous aide à lever le voile de ce malentendu. Chateaubriand n'est pas un écrivain romantique.

— Parfois je me demande si l'on n'est pas dans Sacha Guitry, lança Marc; vous savez, le: « Mieux que cela? Oui, nous avons deux jours. »

— De toute façon, ajouta Rose, il faut se souvenir qu'avec Chateaubriand, c'est toujours une chose et son contraire.

— Chateaubriand est un être de passions, rappela Pierre.

— Habile transition, reprit Oona, qui tenait aussi le rôle de la présentatrice: nous allons maintenant avoir une petite récréation, puis nous écouterons l'écrivain Pierre Doriant.

*
**

Lors de l'entracte, M. le maire félicita Rodolphe, qui lui glissa deux mots sur les bungalows dédiés à l'hébergement de tous ces brillants hommes et femmes de lettres.

— C'est dans ces modestes huttes qu'ils ont préparé leurs belles interventions, qu'ils écrivent leurs chefs-d'œuvre...

— Vu leur usage, il n'y aura pas d'histoire de permis, ne vous inquiétez pas.

Rodolphe était aux anges. Les six cents employés de la mairie lui apparurent comme autant de belles âmes dédiées à sa béatitude et à sa prospérité. Il en oubliait le millefeuille administratif si souvent fustigé. Puis il vit Pierre parler à une jolie rousse, porté par l'insouciance que donnent l'amour et la littérature dans la lumière du Midi aux êtres joyeux. Un rictus le défigura une demi-seconde. Le colloque allait reprendre, Oona battait le rappel. Les visiteurs reprirent place sur les gradins et les chaises.

L'exposé de Pierre Doriant sur l'épopée à l'Alhambra de Chateaubriand et Natalie de Noailles fit vibrer l'auditoire. Comme personne, il savait choisir la saynète et faire mouche :

— Au clair de lune, raconta-t-il, François-René grava sur une colonne de l'Alhambra leurs deux noms entrelacés. Peu après, dans un roman troubadour qui se passe à Grenade, *Les Aventures du dernier Abencerage*, et conte l'amour entre Blanca, princesse chrétienne descendante du Cid, et le magnifique Aben-Hamet, dont la famille a été chassée du trône de Grenade, il écrira : « *Aben-Hamet écrivit, au clair de la lune, le nom de Blanca sur le marbre de la salle des Deux-Sœurs : il traça ce nom en caractères arabes, afin que le voyageur eût un mystère de plus à deviner dans ce palais des mystères.* » Les amants s'aiment éperdument.

217

Lequel acceptera de renoncer à sa religion? J'ai relu cette romance avant notre colloque: face au retour du religieux auquel nous assistons actuellement, elle m'a semblé terriblement en résonance avec notre époque.

*
**

Alors que Pierre se levait sous les applaudissements d'un auditoire qui avait frémi à son récit de la passion, il reconnut à gauche sur les gradins la femme du train, celle qui lisait son livre. Ses grandes lunettes de soleil cachaient son visage, mais il n'y avait aucun doute: elle était là, c'était bien elle. Elle portait une robe de plage blanche et elle avait bronzé. Il avait fini son intervention, le moment de la rencontrer était enfin venu. Il se dirigea vers le haut du petit amphithéâtre pour se placer près d'elle mais, alors qu'il approchait, elle se leva, ramassa son grand sac en toile d'où dépassait un drap de bain, et suivit la courbe du gradin pour sortir, s'excusant auprès des personnes assises devant lesquelles elle passait. Elle s'en allait comme quelqu'un pour qui ce n'était plus tenable. Pierre ne la quittait pas des yeux. Elle penchait la tête en avant car elle pleurait. Il crut deviner des larmes sur ses joues. Comment une évocation de Chateaubriand pouvait-elle provoquer cela? C'était tellement romanesque, il la laissa partir en la regardant. Elle était venue à pied, peut-être de l'autre bout de la plage, tout simplement.

La silhouette blanche disparut du chemin courbe qui menait au portail. Pierre retourna s'asseoir à côté de Rose, qui le félicita avec sincérité, comme elle avait applaudi Séverine pour ses propos sur l'amour et la nature dans l'œuvre de Chateaubriand.

La matinée était terminée. Rose et Marc intervenaient l'après-midi, en deuxième partie. M. le maire, enthousiaste, prit la parole pour remercier Rodolphe et ses intervenants, en particulier Pierre Doriant, de l'Académie française. Une nouvelle ère de culture s'ouvrait pour Saint-Tropez grâce à des initiatives de haute tenue comme celle-ci. Pierre ne prêtait aucune attention à ce discours, tant cette femme l'obsédait. Que pleurait-elle ? À quel souvenir Chateaubriand la renvoyait-elle ? Il allait changer son roman. Il mêlerait la passion de Natalie et de François-René avec celle qu'avait dû vivre cette femme. L'avait-il quittée ? Était-il mort ? La maladie avait-elle eu raison de leurs liens charnels ? Ce devait être ça : une rupture impossible autrement que par la mort ou par la folie. On passe son temps à inventer pour ses livres des intrigues, des sentiments, et il suffit d'un simple voyage en train pour croiser la passion.

26

Colloque, acte II : La restauration de l'amour

« L'amour ? Il est trompé, fugitif ou coupable. »

CHATEAUBRIAND, *Vie de Rancé.*

— Le colloque va reprendre, annonça Oona au micro à deux heures de l'après-midi. Merci de retourner à votre place, pour ceux qui étaient déjà là ce matin. Vous pouvez garder vos verres de rosé.

— Ils vont en avoir besoin ! dit Marc qui venait de s'asseoir au centre du petit amphithéâtre, les épaules rentrées.

Oona poursuivit :

— Marc Ménard, professeur émérite à Paris X Nanterre et auteur du récit *Chateaubriand Americana 2016*, va maintenant nous parler de « *La restauration de l'amour* ».

— Les cigales de ce jardin jouent le rôle du chœur antique. En tout cas, leurs chants d'amour sont si intenses qu'ils nous obligent à parler dans un micro… *Chateaubriand et l'amour*, donc. Je pourrais être tenté de trouver le thème de ce colloque parfaitement ridicule : une interrogation estivale, destinée aux abonnés de « midinetteries » littéraires.

Rodolphe le fixa avec colère, mais Marc se garda bien de lever les yeux en sa direction. Il poursuivit en regardant Hortense, rougissant face à son fascinant t-shirt doté de l'inscription : « L'Amour l'après-midi ». Il remonta ses lunettes pour surmonter cette provocation et poursuivit, se rapportant à ses notes pour se rassurer :

— *Les amours du grand écrivain* nous intéresseraient dans le même voyeurisme, la même intensité « voyeuristique », si je puis dire, que celle témoignée à une star du showbiz en vacances à Saint-Tropez. On parle toujours de quelque part, n'est-ce pas ? Le thème de notre colloque serait donc conforme à son lieu, ce fameux village qui défraie la chronique *people* depuis 1956 – date de la sortie du film *Et Dieu… créa la femme* avec Mlle Bardot – la reine Bardot, devrais-je moi aussi dire ; elle n'est pas dans la salle ?

Un bruissement amusé se fit entendre. Non, elle n'était pas là.

— Je voudrais m'arrêter un instant sur son incarnation mythique, iconique, de la femme au cinéma. *L'Icône Brigitte Bardot*. Elle se situe au-delà de la notion de péché, ce qui la rend fatale : fatale car, par elle, la tragédie s'abat ; fatale également en ce qu'une fatalité s'attache à elle. Saint-Tropez est devenu le lieu de cette fatalité au cinéma, et le lieu réel de Mlle Bardot. Notre perception de ce village s'en est trouvée modifiée. Nous parlons donc, aujourd'hui encore, dans un lieu où il serait possible d'imaginer un mode de vie plus libre, plus libertin – Rodolphe jeta un œil sur M. le maire qui lui sembla, à tort, émoustillé –, et cela à propos d'une autre icône qui nous réunit, icône de la littérature française, cette fois : Chateaubriand. Évoquer *Chateaubriand et l'amour* ici, est-ce, par conséquent, une occasion unique d'échanger des propos licencieux sur le vicomte ? Sur le divin vicomte ? Comme le disait à son propos Mme de La Tour du Pin, « il ne craint pas le sérail »...

Marc vit Séverine rougir et ajouta aussitôt :

— Il n'en sera rien. Rassurez-vous ! Celui qui, avec moi, s'attendrait à des confessions amoureuses liées à la vie réelle, à la vie d'homme, de François-René de Chateaubriand – un homme né à Saint-Malo en 1767 et mort à Paris en 1848 –, comme aurait pu nous le faire « espérer » le titre de son œuvre majeure, *Mémoires d'outre-tombe,* l'idée des mémoires appelant un lien étroit avec la vie de l'auteur, serait déçu.

Je vous le dis tout de go : l'amour, les femmes aimées, sont les grands absents de l'œuvre essentielle de Chateaubriand, *Mémoires d'outre-tombe.* Chez ce héraut du

Moi, la confession a été bannie à l'avance. Je vous lis un court extrait de la fameuse lettre à son ami Joseph Joubert : « *Je n'entretiendrai pas la postérité du détail de mes faiblesses ; je ne dirai de moi que ce qui est convenable à ma dignité d'homme et, j'ose le dire, à l'élévation de mon cœur.* » Vous le voyez, nous sommes aux antipodes d'un Rousseau empressé de confesser ses faiblesses.

Les participants avant moi ont très bien évoqué la vie amoureuse trépidante du « vrai » Chateaubriand. On l'a vu *womanizer* en Grande-Bretagne grâce à Mme Rose Trevor-Oxland, notre spécialiste de ses deux périodes anglaises : en exil pendant la Terreur ; puis en 1822, ambassadeur de France nommé par Louis XVIII.

Rose hocha la tête d'un air entendu, Marc se ragaillardit :

— Grâce aux lettres merveilleusement lues par la romancière Hortense Le Fayer, et Oona Berjac, romancière en herbe, nous avons vibré avec Chateaubriand âgé de cinquante-six ans et fou d'amour pour la très jeune Hortense Allart ; aimant à la folie Natalie de Noailles ; plus préoccupé par Cordélia de Castellane que par sa fonction de ministre des Affaires étrangères, ou encore, souhaitant ardemment se remarier avec Mme Récamier… Sans compter toutes les belles anonymes que l'histoire du grand homme n'a pas retenues. Il y a dans la vie d'*homme* de Chateaubriand une incontestable obsession des femmes, une réelle joie du

plaisir charnel. Souvenez-vous de cette phrase d'*Atala* :
« *Il est dans les extrêmes plaisirs, un aiguillon, qui nous
éveille, comme pour nous avertir de profiter de ce moment
extrême.* » Le vrai Chateaubriand en chair et en os était
marié – même si mal marié par erreur, je me permets
de le rappeler. Il avait la pratique licencieuse d'un
homme du XVIIIe siècle, alors que son œuvre, depuis le
Génie du christianisme, façonne le XIXe siècle comme
siècle du retour à la religion catholique et à son contrôle
des mœurs. Il est bon d'être à Saint-Tropez plutôt
qu'au couvent de La Trappe pour l'évoquer. Cette
image vous évoquera une lettre des *Liaisons dange-
reuses* : il n'est pas impossible que les jolies fesses de
Mme Pauline de Beaumont aient servi de pupitre au
vicomte de Chateaubriand, lorsqu'il écrivit chez elle
Génie du christianisme…

Le brouhaha de l'assemblée parvint à couvrir le
chant des cigales. Séverine fusillait Marc du regard,
mais il était lancé. Il s'empara du micro telle une *rock
star* :

— C'ÉTAIT UN HÉDONISTE QUI AVAIT L'IMAGINA-
TION CATHOLIQUE [1]. Au crépuscule de sa vie, Chateaubriand ne s'en cache plus : « *Si j'avais vingt ans, je*

---

1. Sainte-Beuve écrit : « C'était un épicurien qui avait l'imagination catholique. » Or, Chateaubriand est tout sauf un épicurien, il est
bien trop insatiable dans sa quête du plaisir pour cela. Hédoniste,
donc.

chercherais quelques aventures dans Waldmünchen comme moyen d'abréger les heures », écrit-il dans la dernière partie de ses *Mémoires d'outre-tombe.*

Cela étant dit, je voudrais démontrer à présent que l'amour humain, pour Chateaubriand, n'est jamais le sujet. Le thème de ce colloque est décidément un peu idiot !

— Pourquoi y participer, alors ? lui décocha Rodolphe.

Des rires parcoururent le petit amphithéâtre.

— J'y viens, cher Rodolphe ; j'y viens ! Et je profite de votre intervention pour vous remercier, moi aussi, à la suite de M. le maire, de nous accueillir ici avec tant de générosité et d'amour de la littérature. Son idiotie même, dirais-je, rend votre colloque passionnant.

Oona s'esclaffa, encourageant Marc à poursuivre :

— Le traitement de l'amour dans *Mémoires d'outre-tombe,* qui nous intéresse ici, révèle leur relation à la vérité, leur indifférence à la vérité ; mais ce n'est pas tout !

Marc but un grand verre d'eau sous les regards dubitatifs des vacanciers, jusque-là tentés par une expérience culturelle. À travers le fond, il reconnut les deux femmes un peu mûres mais splendides du café rouge sur le port. Elles ne le quittaient pas des yeux. Pour se donner une contenance, il tamponna à l'aide de son mouchoir sa petite bouche pointue :

225

— *Mémoires d'outre-tombe*, reprit-il, quand Chateaubriand les imagine en 1811, sont destinés à être publiés après sa mort. On pourrait imaginer que des mémoires *posthumes* se déploieraient sous le signe du « *plus rien à perdre* », qu'elles seraient des révélations sincères – cette fameuse vérité du témoignage dont nous rêvons. « Outre-tombe » : à défaut d'être du côté de la vie, ces mémoires de l'au-delà auraient pu se tenir du côté de la vérité. Effectivement, pour décrire Charles X en exil près de Prague, Chateaubriand adopte parfois la cruauté du duc de Saint-Simon – dont les *Mémoires* ont été publiés dans leur intégralité en 1827, après plus de cent ans d'interdiction. Chère Séverine, vous ne me contredirez pas. L'aristocrate breton est un narrateur sincère et cruel aussi, quand il n'hésite pas à annoncer à ses lecteurs la fin de la civilisation : « *L'heure viendra que l'obélisque du désert retrouvera, sur la place des meurtres, le silence et la solitude de Louxor.* » Mais de l'amour : rien. *Nada. Niet.*

Que l'air sulfureux de Saint-Tropez ne nous égare pas ! L'ambition de l'auteur des *Mémoires d'outretombe*, on vient de le voir, ne fut jamais des confessions intimes. Dès 1811, dès la conception du livre, il veut écrire « *l'épopée de* [son] *temps* » représentée « *dans* [sa] *personne* ».

Assoiffé, il avala une nouvelle gorgée, puis haussa la voix :

— Je vois que certains commencent à piquer du

nez, mais patience! Pour mieux comprendre Chateaubriand, un petit détour par la pensée de l'histoire est nécessaire, et ne croyez pas que l'histoire soit si loin de l'amour… Est-ce que quelques bouteilles de rosé pourraient circuler dans les rangs avec des glaçons…?

Chateaubriand écrit face à l'histoire. Le projet de son grand œuvre, *Mémoires*, est entièrement habité par la conception de l'histoire qui prédomine alors; selon laquelle chaque époque s'incarne dans un grand homme. L'orgueilleux écrivain se voit comme le grand homme de son temps, et ses *Mémoires* comme le récit de cette épopée. J'ajoute pour ceux qui ne sont pas familiers de l'écrivain – les deux beautés de chez Sénéquier opinèrent du chef – que, pour faire simple, il se présente jusque vers 1830 comme une sorte d'Énée qui a vu finir l'Ancien Régime balayé par la Révolution de 1789, et qui participe à la construction du monde nouveau inauguré par Bonaparte – qu'il admire d'abord, puisqu'il lui dédie son *Génie du christianisme*, avant de le haïr.

Chateaubriand, comme beaucoup de ses contemporains, adhère par ailleurs à la conception de l'histoire élaborée par son ami Pierre-Simon Ballanche: l'histoire est vue comme une somme de cycles recommencés, avec une renaissance à l'occasion de chaque cycle, comme il y a renaissance dans les cycles de la nature. C'est l'approche palingénésique de l'histoire, « *palin* » voulant dire « recommencement ». Le problème, c'est qu'il écrit ses *Mémoires d'outre-tombe* sur une très longue période: de 1811 à 1834. Or, l'avènement d'un « roi bourgeois » en 1830 vient mettre à mal sa vision de l'histoire comme renouvellement. Pour lui, la révolution de 1830 singe la révolution de 1789. Le principe du cycle est brisé! Dans la quatrième partie des *Mémoires d'outre-tombe*, la dernière, le désenchantement l'emporte. Pour Chateaubriand, le temps de l'héroïsme est révolu; la métaphore du monde moderne comme naufrage est omniprésente. Il alterne entre satire et amertume, et ne cesse de dénoncer la « petitesse des hommes et des choses ». Une poétique de l'accumulation, du disparate, de la ruine comme débris, l'emporte dans la dernière partie des *Mémoires d'outre-tombe*.

Et l'amour dans tout ça? me direz-vous. Il y a eu dans la première partie des *Mémoires*, écrite autour de 1824, l'évocation de la sylphide, femme imaginaire de l'adolescent, dotée de toutes les qualités. L'absence de l'évocation de l'amour, ensuite, est révélatrice de sa relation à la vérité, nous l'avons vu, mais aussi de sa relation au temps: tout comme il y a un échec de la restauration monarchique légitime, il y a un échec de la restauration de l'amour par le souvenir *écrit*. Les *Mémoires d'outre-tombe* sont le lieu de souvenirs disloqués [1]. L'évocation de l'amour est elle aussi prise dans l'esthétique de la ruine, dans un temps créateur de

---

1. Chateaubriand accordera dans son œuvre ultime, *Vie de Rancé*, une toute-puissance au souvenir: « *Rompre avec les choses réelles, ce n'est rien; mais avec les souvenirs! Le cœur se brise à la séparation des songes, tant il y a peu de réalité dans l'homme.* »

ruines, d'éboulis dissociés les uns des autres. Les souvenirs sont comme des fossiles, des fragments, des débris, qui ne parviennent pas à exprimer un sentiment unifié. Et des souvenirs amoureux, en particulier, n'émerge que la folie et le malheur. Il écrit à propos de son voyage qui le conduit de Jérusalem vers Natalie de Noailles qu'il aime passionnément : « *Comme le cœur me battait abordant les côtes d'Espagne ! Que de malheurs ont suivi ce mystère ! [...] Le soleil les éclaire encore ; la raison que je conserve me les rappelle.* » Pour Chateaubriand, le temps des sentiments est un temps géologique, non organique, formé de couches de sédiments – de sentiments –, dissociées, discontinues. « *Nos ans et nos souvenirs sont étendus [...] déposés par les flots du temps qui passent successivement sur nous.* » Vous voyez, l'esprit de l'écrivain est marqué par la cosmologie de son époque : Cuvier, Buffon, voient l'histoire de la Terre comme une succession de cataclysmes que l'on retrouve dans chacune des couches géologiques. Que reste-t-il de ses amours, donc ?

La plupart des auditeurs ne disaient rien, figés d'ennui ou d'étonnement ; d'autres dormaient sous le bel effet conjugué du rosé et de la chaleur, profitant de l'épaule aimable d'un voisin. Marc continua :

— Les morts, les déliaisons, les amours sans suite, sont comme autant de fossiles disparates. Chez Chateaubriand, l'amour passé sous silence ou sous forme de traces reformulées, est l'expression de son ressenti géologique du temps. Les souvenirs ne peuvent être fondus dans le sentiment du présent. Lui qui a passé sa carrière littéraire à fondre les sources antiques, les citations, dans un rêve de réconcilier le monde de l'antiquité classique et le monde moderne, prend le contre-pied, écrit par blocs de citations. De même l'amour, le souvenir de l'amour, ne sera jamais fondu dans le temps de la mémoire. Leur « *restauration* », mot essentiel chez Chateaubriand, la restauration des amours par le discours est impossible par essence. L'amour, les amours sont un sujet laissé à sa pure mémoire d'être vivant, à son trop-plein de mémoire et de souvenirs : par ce trop-plein même, et ce sera ma conclusion, Chateaubriand est peut-être l'homme qui a trop aimé pour transformer le souvenir amoureux en récit de l'amour.

27

Prête à aimer

> « L'amour, cette fumée pour laquelle on
> fait tant de choses. »
>
> MARÉCHAL DE SAXE.

Une dernière fois sous les mûriers platanes, Rodolphe
leva son verre pour remercier ses invités : cette année
encore, le colloque au mas Horatia avait été une réussite. Marc, au début de son intervention, lui avait fait
un peu peur, surtout lorsqu'il avait vu le maire piquer
du nez. L'amour de la littérature les réunissait sous le
soleil ; le talent des écrivains était un don du ciel et
n'était rien sans leur travail colossal.

— C'est jamais fini, le travail, confirma Rose en
hochant la tête.

— Mais ce soir, on a dit qu'on allait danser ! rétorqua Hortense.

Tout le monde la plébiscita. La table était réservée
aux Caves du Roy pour minuit. Hortense avait prévu
une nuit blanche avec Kevin qui l'attendait là-bas.
Elle était amoureuse, enfin !

231

— À propos d'aller danser au lieu de travailler, dit Pierre en se reservant du vin, vous savez que dans son livre de souvenirs, le jeune secrétaire d'ambassade Armand Bertin raconte que Chateaubriand, ambassadeur à Londres en 1822, ne fichait rien : il ne se souciait que de bals et d'intrigues de séduction. On pourrait l'imiter, ce soir ?

— Je ne sais pas qui est ce petit attaché d'ambassade, mais c'est la spécialité des médiocres de compter le temps de présence des génies, dit Hortense.

— Chateaubriand devait encore faire des abus de prestige auprès des femmes, lança Rose dont la teinte écrevisse persistait.

— Écoutez, Rose, François-René était une immense vedette, il était la séduction même, dit Pierre. Si j'avais été une femme du XIXᵉ siècle, j'aurais tout fait, mais alors tout, pour mettre l'Enchanteur dans mon lit. Sans hésiter !

— Moi aussi ! Moi aussi ! s'écria l'assemblée détendue par le rosé et un colloque très applaudi.

— *No.* Moi, ç'aurait été l'amiral Nelson, malgré sa toute petite taille, son œil en moins et aussi un bras en moins, conclut Rose.

Face à tant de handicaps, un silence gêné enveloppa l'assemblée. Comme disait la comtesse de Boigne, « à Monsieur de Chateaubriand il ne manque rien », lança Marc pour faire repartir la conversation. Comprenait-il l'allusion douteuse ? Sa remarque tomba à plat. Qu'importe. Lui aussi se prenait parfois à rêver d'une gloire littéraire qui l'aurait couvert de femmes. Toutes ces beautés féminines croisées depuis son départ pour Saint-Tropez n'en étaient-elles pas l'annonce?

Nadège, soudain, apparut: Andromaque en peignoir éponge, acculée à épouser Pyrrhus.

— On avait évoqué une sortie en boîte de nuit. Je pense que danser me ferait du bien... Si vous m'acceptez...

— Mais on avait dit qu'on regardait un film dans ma chambre?! s'écria Rodolphe.

Il avait les night-clubs en horreur.

— Je veux porter un toast, lança Rose, un toast aux écrivains qui doivent se battre comme des lions face aux terribles éditeurs, et donc à Nadège, notre lionne!

— À Nadège! À son retour à la vie!

— Nadège, t'es la meilleure! conclut Oona.

Seul Rodolphe râlait, irrité par tous ces gens attirés par « les nuits tropéziennes » comme des phalènes par un réverbère:

— Tu fais ce que tu veux, Nadège, moi, je reste.

— C'est *La Chèvre de monsieur Seguin*, constata Rose en spécialiste des histoires pour enfants depuis qu'elle écrivait sur *Les Petites Filles modèles*.

— Je vais enfiler une robe pour rencontrer le loup !
lui répondit Nadège, amusée.

Cette fois, Rodolphe était furieux. Pierre, quant à
lui, comptait draguer en boîte depuis son arrivée, et il
n'avait pas renoncé à glisser Oona dans son lit, ou
Hortense, malgré une concurrence qu'il subodorait ;
voire Nadège, forcément lassée de leur hôte après les
épreuves traversées. Au beau milieu de ses révélations
sur l'humanisme de Chateaubriand, Oona s'était
éclipsée en baillant. L'attrait de la sieste, bien sûr.
C'était sans importance ; au contraire, cette nuit elle
serait en forme.

Ali annonça que les tisanes attendaient sur la terrasse. La nuit était tombée, la lune se reflétait sur la
mer. C'était si beau que chacun garda pour lui son
admiration et très certainement aussi le souvenir d'un
passage de Chateaubriand sur l'astre qu'il chérissait
particulièrement.
— Rose, vous venez ? lui demanda Marc.
— Très peu pour moi, les boîtes de nuit depuis
qu'Annabel's – le vrai – a fermé.
Rose éprouvait trop de ressentiment face au temps
qui passe, et tous ces continentaux, finalement, étaient
sympas – à condition de ne pas partager de parlement
à Bruxelles avec eux. Elle but *in petto* une belle gorgée
de vodka à la santé du Brexit, puis se ravisa :
— *My dear*, vous pouvez me comprendre ; ce soir,

je boucle mon chapitre sur les châtiments corporels chez la comtesse de Ségur.

La douceur du soir, le meilleur baume qui soit, n'empêcha pas chaque pensionnaire âgé de plus de trente ans de songer aux gifles reçues autrefois, à l'exception de Séverine, ancienne enfant sage qui avait eu des parents doux.

Prenant l'air de la lectrice assidue du *Génie du christianisme* qu'elle était, elle rompit le silence :

— Les night-clubs, ce n'est pas pour moi ; je vais me coucher tôt !

Un tête-à-tête passionné avec des photos de donneurs potentiels l'attendait sur Internet.

Nadège revint ; sa robe courte scintillait comme celles des vedettes de variété que Marc regardait à la télévision, adolescent. Elle portait des sandales plates pour danser, comme elle l'expliqua à Pierre, fier de voir ses conquêtes passées conserver leur haut degré de séduction. Après un bonsoir dépité, Rodolphe lança :

— Pierre, faites attention aux drogues. Souvenez-vous que l'an dernier, quelqu'un a glissé du GHB dans le verre de votre camarade de l'Académie... Vous voyez qui...

— Qui ça ? demanda Marc à Oona.

— On l'a repêché nu à cinq heures du matin dans un jacuzzi. La propriétaire de la villa, charmante, nous a appelés : il ne se souvenait plus de rien.

— Rodolphe, ne dévoilez pas la vie aquatique de mes compagnons !

— On a retrouvé ses lunettes dans le siphon du jacuzzi.

— Les lunettes de qui ? poursuivit Marc.

— Mon chien a sorti d'un fourré un petit appareil photo, ajouta Oona.

— Ces photos, je n'ai pas pu les voir, dit Rodolphe.

— Moi, si : des filles sublimes en short lamé, un jacuzzi en onyx rose, des palmiers illuminés, la plage de Pampelonne en contrebas et des jets de Dom.

— Mais de qui parlent-ils ? insistait Marc.

— *What happens in St. Tropez stays in St. Tropez*[1], lui répondit Oona.

— Ah. Il a dû se demander s'il n'était pas coincé dans un roman.

Il regarda Hortense. Debout, l'oreille collée à son iPhone, elle lui tournait le dos. Quelle chute de reins ! Et lovée mais visible dans un drapé bleu de vierge de la Contre-Réforme ! Il en rougit dans la nuit.

— Espérons qu'il m'arrive quelque chose, lança Pierre avec cette légère autodérision qui faisait son charme. Hortense, vous venez ?

1. « Ce qui arrive à Saint-Tropez reste à Saint-Tropez. »

Hortense, blême, écoutait sa messagerie. Personne n'avait remarqué le teint soudain pâle de la jeune femme.

— Hortense vient avec moi, lança Oona, en démarrant, alors que le groupe descendait vers le portail. Allez, montez dans le minibus ! On se retrouve juste avant la place des Lices, en bas du Byblos.

Le petit groupe s'engouffra sans souplesse dans la bétaillère de marque coréenne. Rose retourna dans sa chambre située près du petit parking, une bouteille d'Absolut à la main :

— *Good luck* dans le nid à microbes ! lâcha-t-elle en chemin.

— Je viens. Carrément ! dit Hortense avec retard.

Elle souriait en marchant vers le scooter d'Oona, donnant le change après ce message terrible de Kevin – la téléphonie accroît encore les accents : « Bonsoireu, c'est Kevin, alors heu, on va devoireu arrêter, car en faiteuh, je suis désolé mé je me marie. Bé oui, dans mon pays, on se marie encore ! Pas que les homosessuels ! Je m'étais dit que ce serait cooleu d'enterrer ma vie de garçon avec uneu Parisienne. Bon, c'est fait, et c'était uneu réussiteu. J'espèreu que tu seras de mon avis. Maintenang, je ne bougeu plus une oreilleu, j'aimeu ma femme. Alors je suis un peu désolé, car tu n'es pas uneu cagole, j'imagineu que tu vas paanser, c'est abusé, hé ? Mais en mêmeu tang, tu avais l'aireu… pas très amoureuse. Y a beaucoup de différences entreu nous… Toi, tu es uneu filleu libreu, une artiste, tu fais des colloqueus, et moi, je suis dans la poissonneurie. Bom, ben, encoreu désolé, bonneu chanceu pour la suite, hé? Et amuseu-toi bieng à Saint-Tropez!»

Un coup de poignard. Anéantie. L'échec qui lui révélait celui de toute sa vie amoureuse. Séverine surgit de la nuit à cet instant et lui demanda:

— Et le site de donneurs, ça ne fait pas trop « *catalogue*»?

Hortense resta muette, puis finit par répondre:

— C'est fait pour ça.

Face au largage à la criée qui lui donnait envie de pleurer, au GHB de l'habit vert et à son ancienne prof qui tenait à se reproduire dès ce soir avec son aide, le temps était venu, pour Hortense, d'appliquer le conseil hebdomadaire de sa coach de Pilates: inspirer.

Après, seulement, elle répondit:

— Ce n'est pas ton enfant que tu choisis, c'est un donneur. Donc, encore heureux que tu aies le choix!

— C'est quand même bizarre de décider comme ça… de façon si abrupte.

— Dans la vraie vie aussi, on fait des choix sur des critères – elle insistait sur les mots importants –, même si parfois on ne s'en rend pas compte. Par exemple, toi tu es une intello; il y avait peu de chances que tu tombes amoureuse de ton boulanger, non?

238

Hortense pensa à la vivacité de Barracuda83, sa poésie. Son cœur était meurtri.

— C'est vrai. En tout cas, cela ne s'est pas produit.

—Vas voir, qu'est-ce que tu as à perdre?

— Oui, c'est sûr...

—Tu verras, continua Hortense en enfilant son casque, les mains tremblantes, quand tu seras devant ton ordinateur, à imaginer ton futur bébé, il n'y aura plus que ça d'important. Ce sera comme dans la chanson « Ma plus belle histoire d'amour, c'est vous ».

28

La garde royale

> « Elle substituait à l'opacité des murs d'im-
> palpables irisations, de surnaturelles appa-
> ritions multicolores, où des légendes
> étaient dépeintes comme dans un vitrail
> vacillant et momentané. »
>
> MARCEL PROUST,
> *À la recherche du temps perdu.*

Illuminée de joie face à la lumière bleutée de son
écran d'ordinateur, Séverine fait défiler des dizaines
et des dizaines de photos d'enfants – ou plutôt d'anciens enfants. Ce sont les photos des donneurs potentiels sur le site de Cryos, lorsque eux-mêmes étaient
bambins. Elle se passionne pour leur profil, leurs passions, leurs études, leurs mots écrits à la main qui
expliquent pourquoi ils font ce don, ce qu'ils sou-
haitent aux futurs parents, leur amour de la famille.
« *God bless you and the future child* » revient souvent, dit
comme ça ou un peu différemment, et ça la rassure.
Ce propos se pare ici de toute sa charge spirituelle.
Elle imagine leurs visages, devenus adultes. Sur le

catalogue, Sévérine tente de trouver un donneur aux mêmes centres d'intérêt que les siens et, si possible, aux traits similaires aux siens : sous ses grosses lunettes rectangulaires, elle a en fait de grands yeux bleus ; elle mesure un mètre soixante-dix-sept. Ce sera plus simple si le petit a la même couleur d'yeux qu'elle, ça évitera les questions des gens. Elle a un nez un peu busqué et des lèvres fines : pourquoi pas lui aussi ? Personne, ou presque, ne peut comprendre ce qu'elle est en train de faire sans avoir éprouvé son chemin de solitude, son sentiment de vie inachevée. Elle pense à sa mère : elle serait horrifiée. *On ne peut pas en vouloir aux autres de ne pas comprendre*, se dit-elle. Elle l'annoncera plus tard, quand le bébé sera là, quand elle sera enceinte de six mois. Bien sûr, elle sait qu'il y aura des remarques désagréables, des questions horribles sur le bébé catalogue, le bébé Frankenstein ; elle a entendu ce que disaient des amis de ses parents, même d'autres profs, quand le sujet passait dans la conversation. On l'accusera d'eugénisme, forcément. Elle continue de cliquer sur les profils, lit attentivement les descriptions des parents et même des grands-parents du donneur. En connaît-elle autant sur sa propre famille ? Elle pense que si l'enfant aime l'école et les livres, s'il est appliqué comme elle l'était, ce sera plus simple pour leur vie quotidienne – même si Séverine n'est pas idiote, elle sait très bien que les cartes de la génétique se redistribuent à chaque génération. Si son enfant souhaite rencontrer le donneur

241

quand il aura dix-huit ans, autant qu'ils aient des choses à se raconter.

Ce moment où se concentrent en quelques heures les choix possibles d'une origine pour son enfant, à travers le choix d'un géniteur, la vie « normale » l'offre aussi, mais ces choix possibles sont étalés sur des années et des années de rencontres, guidées par des intérêts communs. Ces rencontres, Séverine les a manquées. C'est pourquoi elle est si heureuse, en cet instant : en plus d'espérer l'enfant de ses rêves, imaginé à l'aide de toutes ces photos mignonnes propices aux espérances, la vie lui offre le miracle d'une deuxième chance. Après quatre heures, elle pense avoir arrêté son choix sur un donneur. Il est officier dans la Garde royale danoise. Par curiosité, elle regarde sur Internet des images de la Garde ; elle voit leur uniforme avec le pantalon gris bleu et les bandes blanches croisées sur le buste. Elle pense à l'armée des princes de Gesril, l'intrépide ami d'enfance, gai, aimé, incorrigible ; le premier ami, adoré par ses parents contrairement à Chateaubriand – « *Ce fils était élevé autrement que moi ; enfant gâté, ce qu'il faisait était trouvé charmant* ». Sa fin héroïque l'a marqué : « *Il n'a manqué à sa gloire que Rome et Tite-Live.* »

La couverture Gallimard du livre de Sollers est roussie, l'humidité épaissit les pages. Demain, Séverine demandera à Oona si elle peut l'emporter. Pour l'insémination, elle prendra rendez-vous dans une clinique de Copenhague, puisque pour elle cela n'est pas permis en France. Est-ce qu'elle s'accorde une légitimité excessive, inadmissible ? Elle ne fait de mal à personne ; elle qui enseigne depuis qu'elle a vingt ans, n'est-elle pas qualifiée pour faire d'un enfant une belle personne ? Elle tâchera de lui apporter tout ce dont il aura besoin. Et pour ce que les psychologues appellent la figure paternelle, qui sait ? Elle fera peut-être une rencontre.

Elle sort sur sa petite terrasse, loin de la maison. À cette heure, tout le monde est aux Caves du Roy. Quel drôle de nom… Un hommage au roi René de Provence ? Seule Rose doit être avec son livre ; les lumières de son cabanon brillent. Rodolphe regarde son film ; il avait annoncé *Youth*. La lune lui tient compagnie face à ses espérances nouvelles et miraculeuses, comme une vieille amie si souvent rencontrée. Elle se souvient de l'Enchanteur : « *Établie par Dieu, gouvernante de l'abîme, la lune a ses nuages, ses vapeurs, ses rayons, ses ombres portées comme le soleil ; mais comme lui, elle ne se retire pas solitaire : un cortège d'étoiles l'accompagne. À mesure que sur mon rivage natal elle descend au bout du ciel, elle accroît son silence qu'elle communique à la mer ; bientôt elle tombe à l'horizon, l'intersecte, ne montre plus que la moitié de son front qui s'assoupit, s'incline et disparaît dans la molle intumescence des vagues.* » Puis elle se rappelle une mappemonde de lune découverte dans une bibliothèque : une belle sphère en bois gravée, sur laquelle elle avait lu : « Monts de l'Annonciation ».

29

Les Caves du Roy

> « Il donne de grandes fêtes et j'aime les
> grandes fêtes. Elles sont si intimes. Dans
> les petites fêtes, il n'y a pas d'intimité. »
>
> FRANCIS SCOTT FITZGERALD,
> *Gatsby le Magnifique.*

— Les Caves du Roy, c'est en haut des marches, leur annonça Oona quand tous furent descendus du minibus juste avant la place des Lices.

Sous une espèce de galerie, ils longèrent la foule agglutinée pour entrer dans la boîte de nuit. *Qu'est-ce qui les sépare de nous ?* se demanda Marc. Il s'imaginait déjà recalé. Mais devant l'entrée, en habituée, Oona embrassa Junior, le directeur, et serra dans ses bras un Cherokee surdimensionné, le videur. *Sûrement un fils de l'Indien dans* Vol au-dessus d'un nid de coucou, pensa Marc. Les heures de la nuit créent des liens entre les fêtards. Le Cherokee souleva d'un air entendu le cordon de velours qui séparait les exclus au visage dévoré d'inquiétude des *happy few* accrédités pour le paradis. Les pensionnaires de la résidence se glissèrent avec un frisson dans le temple. Marc gardait les yeux écarquillés ; pour ne pas ébranler Junior, Oona l'avait savamment glissé entre les ravissantes Hortense et Nadège.

— C'est tous les soirs la même musique mais c'est sympa, cria Oona à Marc qui entendait pour la première fois la chanson « *Welcome to St. Tropez* ».

— Je ne vais pas me plaindre, je ne suis jamais venu !

Ses paroles rejoignirent les molécules dans l'air venues des êtres qui dansaient et buvaient dans la boîte nimbée de mauve. Des spots innombrables transperçaient à toute vitesse des fumées, des instants de noir complet. Marc ne se souvenait pas avoir vu rien de tel au cinéma. Il eut l'impression grisante que la chanson s'adressait pile à lui.

Welcome to St. Tropez !
Get fresh, gotta stay fly
Get the jet I got to stay high
High up like a la la la
Ain't nothin' here that my money can't buy
Dolce, Gucci and Louis V
Yacht so big I could live in the sea.

Le 27 juillet était frénétique et la boîte bondée. Sans se séparer, on suivit Oona jusqu'à la table.

Wild, wild enough
Too much money in the bank account
Hands in the air make you scream and shout
When we're in St. Tropez.

Une offrande silencieuse de vodka et de bouteilles de Schweppes les attendait dans un seau à champagne transparent comme le cercueil de Blanche-Neige. De la table de verre jaillissait un rayon de lumière rose.

— Un cratère de lumière, lança Marc à Nadège qui fixait la piste sans entendre, prête à s'élancer dès que le *shot* de vodka offert par Pierre aurait fait son effet.

Marc s'assit sur la banquette ronde et beige, puis se releva. *Que faire dans de telles circonstances?* La musique était trop forte pour une conversation. Il pensa au début de *Superman*; les cristaux lumineux du berceau sur Krypton. Ici, ils étaient roses. Devoir garder son émerveillement pour lui l'augmentait encore. Marc s'imprégnait du décor : c'était une reconstitution *Cinecittà* d'un palais égyptien au mobilier fait de fontaines illuminées. Cinéphile, il avait l'impression que l'actrice Esther Williams, celle du *Bal des sirènes*, pouvait surgir à tout moment. L'idée d'un Hollywood irréel et aquatique n'était pas loin.

Le soleil de spots qui clignotaient au plafond, l'énorme boule à facettes, la bacchanale sur la piste, toutes ses jeunes créatures sublimes en mouvement qui auraient pu être ses élèves, mais qui, Dieu merci, ce soir ne l'étaient pas. Ne pas penser à autre chose ; juste voir. Ce doit être ça, « *le présent absolu* » – comme aurait dit Marguerite Duras, qui l'avait peut-être dit. Oona, le sourire figé sous l'effet d'une pilule de MDMA, le tira doucement par l'épaule pour aller sur la piste. Hortense y dansait déjà, son corps oscillant en de subtils mouvements de hanche néo-africains.

—Tu bouges comme un pantin sans articulations, lui cria bientôt Hortense en l'imitant sur la piste bondée, tout en lui faisant signe avec ses pouces qu'elle trouvait ça parfait.

Elle et Oona n'arrêtaient pas de sourire et leurs dents étaient encore plus blanches qu'au soleil.

—Tu es drôle comme Pinocchio, lui souffla Oona, alors que Marc, délié par la vodka et l'étonnement, dans cette capsule bizarre où il avait été téléporté, mouvait ses bras comme des vagues tout en fléchissant les genoux.

Plus rien n'importait. Nadège ondulait en sexy insulaire. Comment gardait-elle son port de tête hiératique ?

Un Moyen-Oriental en chemise blanche cintrée, couvert de gros colliers à boules d'acier, descendit du carré VIP. Il fonça droit sur Nadège, puis lui parla à l'oreille. Elle ondulait toujours; l'autrice murmura une brève réponse sans sourciller.

— *Are you readyyyyyyyyyyy?* hurla le DJ en envoyant la musique. *We're gonna start the party right fucking now, because we got a lot of friends from NY City, Los Angeles!*

L'intensité dramatique monta d'un coup et l'euphorie aussi. Hortense leva les bras à l'idée magique du « *Three minutes before take-off* » annoncé en grande pompe par le DJ. Marc n'avait personne pour partager ses observations sur ce langage performatif, mais tant pis; seule la joie comptait. Son esprit s'emballait. Il jubila en reconnaissant « *Thriller* » de Michael Jackson remixé – finalement une forme d'intertextualité, le remix. Les paroles arrivaient plus tard que dans la version originale, ça créait un sacré suspense. « *Are you ready, Saint-Tropez?* » lança encore le DJ, et la foule répondit des « *Yeah!* » couverts par la musique. Au même instant, un grand jet frais venu du brumisateur balaya son visage comme une attention cosmique: tout était parfait, surprenant. Il dansait, insouciant; la foule gracieuse le portait. Le bonheur était donc cette surprise. Pierre, Oona, Nadège avaient disparu, avalés par la foule. Lui ne s'arrêtait plus; tous ces scintillements, cette profusion, les palmiers de lumières, la fête de l'été, il se sentait Gatsby... *Tendre est le kitsch*, se dit-il.

Une main prit la sienne et l'entraîna : c'était celle d'Hortense. Marc s'arrêta net. Sans le lâcher, elle se fraya un passage vers leur table. Elle voulait absolument qu'il s'asseye :

— Je ne veux pas être comme Chateaubriand, lui cria-t-elle à l'oreille ; n'aimer jamais personne à part moi. Je ne veux plus être une prédatrice.

Quel choc. S'il avait seulement pu être sa proie, qu'elle le dévore, même trois minutes !

— Ne vous inquiétez pas, vous êtes une enchanteresse, lui répondit Marc.

Que venait faire cette référence étrange à Chateaubriand dans cette nuée mauve de plaisirs ?

— Comme lui. Je ne veux plus de cette lassitude.

C'était donc grave. Pauvre petit ange.

— Vous savez, commença Marc, je pense que Chateaubriand a aimé Mme Récamier, même s'il l'a trompée ; ce que je condamne. Il a voulu l'épouser mais…

Barracuda83 restait dur à oublier. Hortense but d'une traite sa *vodka cranberries*.

Un son différent aimanta soudain leur attention : c'étaient des percussions, une musique orchestrale, solennelle, de celles qui annoncent l'entrée sur scène d'une star pour la remise d'un Oscar, ou pour un show télévisé des années 1960. Les lumières s'interrompirent, recommencèrent en flash ; une colonne

249

de serveurs traversa la piste en portant sur des plateaux un jéroboam de Champagne, une pyramide de coupes et des feux d'artifice. La procession se dirigeait vers le carré VIP en contrebas. Au-dessus de la piste, le drapeau des États-Unis fait de petites lumières bleu, blanc, rouge, s'afficha – hommage ultime aux clients américains qui commandaient la grosse bouteille.

— Je n'avais jamais vu ça avant, dit naïvement Marc en reprenant de la vodka au Schweppes.

Sonnés, tous les regards se tendaient vers la table prête à accueillir le champagne. Puis, très vite, la musique reprit, un remix de « *Sweet Dreams (Are Made of This)* », la joie de tous était encore plus palpable. Mais, soudain, tout s'interrompit de nouveau : la musique solennelle de percussions revint et, cette fois, ce fut le drapeau pakistanais en lumières qui apparut. Une gigantesque bouteille de champagne traversa la piste, portée avec encore plus de vénération, tandis que le DJ félicitait le Pakistan.

— Ça, c'est un mathusalem, lui cria Hortense, bluffée comme chacun par cette mise en scène démente.

— Entre les tables, c'est à celui qui claque le plus de milliers d'euros en champagne, leur annonça Oona qui les avait rejoints. J'adooooore !

Dans sa voix se mêlaient le sentiment de la dérision mais aussi une once de respect.

— C'est pour tes Gilets jaunes, ça.

— Ouais : la grande qui vient de passer, elle est à quinze mille.

Marc ressentit un petit vertige :

— Mais... ça arrive souvent ?

— En août, oui. C'est Saint-Tropez, mec ! Sur les plages c'est pareil, mais ils s'arrosent avec.

Marc se sentit obligé de répondre à Oona que cette pratique était un cas intéressant de *potlatch* :

— C'est fascinant, je pensais que ça n'existait que dans des tribus reculées de l'Amazonie.

— Un cas de goulasch ?!

— De *potlatch* : quand deux tribus – là, si vous voulez, ce sont deux tables représentant deux pays – se font une surenchère de dons pour se prouver leur puissance. Ce doit être toujours une dépense improductive. Cela permet de dépasser une situation de violence collective.

Oona n'écouta pas la fin et retourna danser en pensant à Andy Warhol. Le mot « *potlatch* » lui avait plu. Un truc nouveau. Marc se tourna vers la banquette pour regarder Hortense. Elle y était toujours, toujours pensive.

— Vous voulez rentrer ? lui demanda-t-il.

Un remix de l'hymne à la résistance ouvrière « *Bella Ciao* » démarrait, lancé à fond et – visiblement – libéré de toute idéologie.

— Oui. Mais après la chanson.

D'un bond, Hortense disparut de nouveau vers la piste. Quand Marc la revit, elle dansait avec un inconnu à la nuque de G.I., tout sourire comme elle. Un crève-cœur. Et Nadège?

Nadège trônait en reine à la table du mathusalem. « Je dois rendre hommage à votre beauté », lui avait annoncé le Pakistanais aux colliers à boules, avant de donner ses ordres au serveur. Nadège trouvait la cérémonie plaisante et presque normale. Les autres personnes à sa table n'existaient pas : des *tycoons* de l'immobilier tropézien venus fêter leur première vente à un Chinois. Une énorme villa. Ils espéraient en vendre une autre à leur hôte fastueux. Atif, l'Orient compliqué, les bijoux virils, sa façon de lui dire : « J'aime les femmes, les vraies femmes », en jouant avec ses cheveux de jais, étaient très au goût de Nadège. L'après-midi, dans sa chambre d'hôtel, Atif l'avait aperçue dans une série sur une télévision allumée par erreur : une histoire de voisinage ; un coup de foudre pour lui. Elle avait surgi sur l'écran, irréelle, comme ce soir. Il avait l'œil. Et sa magnificence avait vaincu les Américains.

Marc n'avait rien vaincu : ses propos sur l'amour incertain du vicomte de Chateaubriand s'étaient perdus à jamais sur « *Bella Ciao* ». Mais il restait content de toutes les sensations offertes, nimbé de lumière rose, seul sur la banquette. Et soudain un refrain funky sans équivoque – «Voulez-vous coucher avec moi, ce soir ? » – le réconcilia avec l'espérance. Inspiré, l'universitaire bondit sur la piste, à l'endroit où Hortense dansait. Il tombait bien : le mari de l'inconnu à la nuque militaire qui dansait avec elle venait de surgir aussi, évaporant toute espérance chez la jeune célibataire. Hortense accueillit Marc avec joie, reprenant face à lui les paroles de « Voulez-vous coucher avec moi, ce soir ? », dansant en lui caressant les bras. Jamais autant de littéralité ne s'était dressée devant lui. Le paradis existe. Il a à peine le temps de penser que les paroles des chansons ont quelque chose de prophétique, aspirant au bonheur piqué de danger que peut courir un professeur d'obédience structuraliste confronté à *Lady Marmalade*.

30

L'âme au corps

> « C'est de la féerie, de la magie, de la gloire,
> de l'amour ; cela ne ressemble à rien de
> connu. »
> CHATEAUBRIAND, lettre à Joseph Joubert.

Sur une Vespa lancée à toute allure vers un bain de minuit prometteur, Pierre nargue la voyageuse de nuit, agrippé à la taille d'une Oona survoltée par les réactions chimiques qui parcourent son joli cerveau modelé par la postmodernité. Loin de cette chevauchée mais béate aussi, Séverine referme son ordinateur : elle attendra un bébé d'ici peu. C'est presque magique. Elle en a oublié saint Polycarpe. Rodolphe, sur son oreiller, émet de légers sifflements nasaux tout en rêvant à Emma Bovary : elle marche à son bras sur le chemin des Douaniers et trahit un secret. C'est lui, Rodolphe Berjac, qui s'apprête à remporter le prix Femina dont elle préside le jury. Rose à sa table côtoie également la littérature. Elle met un point final provisoire à son chapitre sur les châtiments corporels chez la comtesse de Ségur ; cette séance d'écriture l'a éprouvée. Non pas tant l'âpre recherche de phrases harmonieuses, belles même, que les souvenirs revenus sans crier gare des coups de martinet administrés aux fortes têtes comme elle à St. Mary's School Ascot, son pensionnat, dans les années 1980. Jean-Michel, allongé sur le lit d'Oona mais prêt à bondir car il reste un chien de garde, dort d'une oreille et rêve d'une seconde, plus rose. Quant à la lune, à trois cent quatre-vingt-trois mille quatre cent soixante-quatre kilomètres de là, elle en a vu d'autres.

Revenons à Oona et Pierre. Ils gagnent la plage des Salins en s'éclairant de leurs téléphones, s'arrêtent parfois pour s'embrasser, se toucher les épaules, le dos, tout sourire – deux anges de Reims grâce aux pilules de MDMA. Chaque centimètre carré de la peau de sa douce passionne l'écrivain. À l'article « Mort » de son *Dictionnaire amoureux de Chateaubriand*, il a écrit : « Chateaubriand n'en finit pas de frôler la mort dans *Mémoires d'outre-tombe,* pour montrer le destin à l'œuvre sur sa personne, et dans une envie insatiable d'ajouter du romanesque à ce qui s'annonçait comme des mémoires. De là à en conclure avec le grand critique Sainte-Beuve : "*Chateaubriand est profondément et naturellement indifférent à toute vérité*", il n'y a qu'un pas. » Le sable durcit ; la fraîcheur de l'eau salée touche leurs pieds nus. Une vaguelette les éclabousse, mais ils ne sont pas du genre à renoncer à leur bonne fortune, au romanesque des situations. Ils jettent leurs vêtements, entrent dans les vagues et les posidonies plus noires que la nuit. L'été sert à ça.

— Puis-je vous surnommer la reine des vagues? demande Pierre en cherchant à posséder sa naïade entre deux ressacs.

Elle pense « ridicule », puis qu'elle a tort de le penser – tout cela est une forme joyeuse de la félicité.

— Oui.

Oona se laisse faire, mieux qu'il se passe quelque chose plutôt que rien. La soirée a été cool, Pierre a son charme, ses cheveux en pointe plaqué en arrière, sa drague sortie des *Bronzés,* et surtout ses lectures, qui lui donnent des centaines d'années de vie supplémentaires. Plus tard, sur le sable, il lui dira tout en tentant de glisser ses doigts partout, avec un petit accent snob, sifflant:

— Tu vois, ce qui est important, c'est que les gens aient une âme.

— Les gens?

— Oui, les femmes, les hommes.

— Surtout les femmes, non?

Elle pensera qu'elle a affaire à un rusé. Mais pour l'instant, elle embrasse le moment.

Les étoiles filantes et l'inconscient circulent en simultané, les nuits du mois de juillet : à l'instant où la présence d'une âme en chacun est appelée de ses vœux par Pierre Doriant, Nadège, sur une terrasse de palace rose, sent le gros collier d'Atif aux impassibles cheveux de jais caresser son sein gauche, et ses lèvres parfaitement dessinées presser les siennes, tandis que les pins parasols filent jusqu'à la plage de Pampelonne pour célébrer leur amour presque muet.

Nadège finalement parle :
— Mes baisers dans tes baisers.
— On aimerait que ça dure toujours.

C'est ce que se dit aussi Marc, revenu au mas Horatia avec Hortense qui, loin de vouloir dormir, l'entraîne dans sa chambre. Elle a bu beaucoup de vodka et oublié les propos d'Oona sur Barracuda83 : « Pense aux filets de pêche. Quarante-sept pour cent du plastique dans la mer, ce sont des filets de pêcheurs... Ils sont suicidaires ces mecs-là. Avec toi, il a fait pareil. » Il pose ses mains sur les épaules inaccessibles d'Hortense, fait glisser le drapé bleu Contre-Réforme. Comme tout cela est facile ! Dans exactement cinq minutes, quand Marc tiendra Hortense et son plaisir entre ses bras avec, au-dessus de leurs corps en extase, les pales du ventilateur lancées à fond comme les sorcières de Macbeth, il sera si heureux qu'il en oubliera cet air de *Lady Marmalade* qui lui trotte dans la tête, «Voulez-vous coucher avec moi, ce soir?», et tout ce qu'il doit, depuis ce 27 juillet 2019, à la culture du signifié.

31

Paul et Virginie?

« Nous naissons, nous vivons, nous mour-
rons au milieu du merveilleux. »

NAPOLÉON.

Oona et Pierre s'endormirent nus et enlacés sur la
plage. Se rendirent-ils compte qu'ils étaient devenus
Paul et Virginie, les personnages de cette œuvre qui
avait tant fasciné le jeune Chateaubriand rousseauiste
d'avant la Révolution, quand les hommes des
Lumières ne pouvaient imaginer que leurs rêves de
liberté se termineraient pour eux dans un panier de
têtes coupées, mais que ces rêves leur survivraient?

Pierre dormait-il ou songeait-il à tout ça?

Une sorte d'apnée le réveilla. Le soleil se cachait
encore mais sa clarté lui permettait de voir les vagues.
Il distingua la toute petite île, celle qui paraissait si
proche mais se situait en fait à plus d'une heure de
nage de la plage. C'était là que Vadim avait érigé une

statue de Brigitte Bardot pour l'éternité, nue face au large. Ses amours à lui tomberaient dans l'oubli; on ne ferait pas de colloque sur Pierre Doriant et l'amour, on ne lirait pas ses SMS pleins d'esprit envoyés pendant deux décennies aux femmes qu'il avait aimées à sa façon – joyeuse, amicale. Sûrement pas comme la femme du train avait dû aimer, être aimée. Qu'importe? L'amour de cette belle inconnue serait oublié aussi, et c'était peut-être mieux. Une phrase cruelle de Nadège lui revint. De sa voix posée d'actrice, un jour de dépit, elle lui avait dit: «Vous parlez sans cesse d'amour dans vos livres, mais vous n'avez jamais aimé personne.» Non, il ne partirait pas accompagné de cette idée fausse. Il se savait innocent, toutes ces femmes, il les avait aimées en aimant la vie libre qu'elles traversaient. Il incarnait une forme de liberté; pas la plus belle, peut-être, mais il n'était pas un héros, juste un écrivain, et il avait payé par les souffrances de la jalousie qu'il avait parfois éprouvées. Son cœur s'était brisé. Il n'aurait pas pu faire mieux, comme il se le disait à chaque fois qu'il terminait un livre. Il avait aimé la littérature plus que tout; c'était la seule femme à laquelle il avait été fidèle. La médiocrité de cette dernière image le fit sourire. Ses aventures merveilleuses, éphémères, il les avait transfigurées dans ses romans qui avaient fait sa joie, loin devant tous ses honneurs. Il n'était pas seul, il y avait le bavardage des vagues. Le plaisir de les regarder était dans ce sentiment qu'elles nous survivraient, cette beauté s'était

260

trouvée là bien avant nous, le présage d'une autre immensité vaste où il serait heureux. L'outre-tombe serait différent, mais il retrouverait cette connivence avec l'extérieur qu'il éprouvait à cet instant. La jeune fille qui portait à l'index une tête de mort et dormait à son côté, lovée dans sa veste, les algues de ses cheveux étalées sur le sable, était-elle son cadeau du destin avant la fin ? Il revit la femme du train, celle qui lisait son livre, celle venue l'écouter parler. Elle avait dû tellement aimer cette personne que lui rappelait Chateaubriand ; il allait raconter ça dans son roman, raconter cet amour ultime, jusqu'à la fin, à faire pâlir l'Enchanteur. Il ressentait la même légèreté que dans ses amours libres, dénuées de tout quotidien, hormis quelques voyages, qu'il avait toujours préférées et qui jusqu'à ce soir l'avaient maintenu amusé, immortel à sa façon. La vie s'échappait ; cette fuite insouciante, pleine d'entrain, était-elle la mort elle-même ? Son nouveau personnage l'envahissait ; l'idée de laisser un roman inachevé lui plaisait. Il sentait la présence des pins parasols déhanchés derrière lui ; les amours comme les âmes voyagent, la beauté du monde prend leurs visages. Bientôt, ce seraient les pavés bien équarris de la cour des Invalides, puisqu'il devait y avoir plusieurs fins, et que celle-ci terminait son œuvre. Des odeurs d'eau engourdie lui parvinrent – *les vestiges des salins*, pensa-t-il. La mort avait-elle ce parfum âcre ?

Il sentit un lâcher de poulpes dans sa tête.

La mer devint métallique, muette.

Et ce fut tout.

*⁎

Au petit matin, réveillée par la morsure du froid, Oona se demanda pourquoi deux points durs appuyaient sur sa hanche, et ce qu'elle faisait là. Le mélange de la veille lui revint, MDMA et vodka, qui l'avait conduite nue sur les posidonies, enroulée dans un blazer d'homme dont des boutons s'enfonçaient dans sa chair. *Il est temps de rentrer*, se dit-elle, alors que le sel sur sa peau agrippait sa culotte, puis son soutien-gorge qu'elle voulait remettre. Pierre dormait profondément à côté d'elle ; il n'allait pas rester nu en plein soleil :

— Toi aussi, il faut que tu rentres. C'était bien.

Il ne bouge pas :

— Ouhouh ! Pierre ! Debout, il faut rentrer ! Les gens vont arriver. Mais c'est dingue de dormir aussi profondément. Tu es bizarre, toi.

Finalement, elle le secoua. Aucun effet. Elle enfila son blazer et alla chercher de l'eau de mer dans le creux de ses mains. Tout s'écoulait entre ses doigts ; elle lui inonda la figure avec ce qu'elle put sauver, presque rien. En s'esclaffant, elle lui demanda :

— T'es mort ? J'y crois pas : il est mort ! Très drôle. Bon, arrête, tu ne me fais pas marrer. Viens. Moi, j'y vais.

262

Elle le secoua encore, elle attendit puis recommença. Il restait inerte. Alors elle se rendit compte qu'il était vraiment mort, mort en tenant son corps entre ses mains. Elle poussa un cri retentissant, puis se mit à hurler :

— Au secours, il est mort. Je l'ai tué !!! Je l'ai tué !

Impossible de se souvenir de son nom, elle se mit à courir à toute vitesse sur la plage en direction du mas Horatia, criant toujours : « Jean-Michel !!! Papa !!! Il est mort !!! »

Le soleil monta comme prévu, rose et fidèle.

32

Lendemains de fête

« Son voyage à la Vaubyessard avait fait un
trou dans sa vie, à la manière de ces grandes
crevasses qu'un orage, en une seule nuit,
creuse quelquefois dans les montagnes. Elle se
résigna pourtant ; elle serra pieusement dans
la commode sa belle toilette et jusqu'à ses
souliers de satin, dont la semelle s'était jaunie
à la cire glissante du parquet. »

GUSTAVE FLAUBERT, *Madame Bovary.*

Marc se réveille et voit Hortense de dos, debout dans
sa chambre. La féerie se poursuit donc. Elle décroche
ses robes des cintres pour les faire glisser dans sa
valise. À une autre époque, son confesseur aurait
peut-être ordonné à la jeune autrice, à titre de pénitence, d'écrire la vie de Rancé, ou celle de sainte Thé-
rèse d'Avila, qui vit plus de larmes versées sur les
prières exaucées que sur celles qui ne l'avaient pas
été, mais en 2019, une brève migraine lui tient lieu de
châtiment pour ses excès. Marc ne la quitte pas des
yeux. Sa belle chevelure noire rappelle le vol de cor-

neilles sous le soleil du matin, autour de l'Acropole –
« *aux ailes noires glacées du rose des rayons de l'aube* ».
Qu'elle est belle ! Il ne dit rien, préférant la regarder
aller et venir. Quand elle revient de la salle de bains,
remarquant qu'il est réveillé, elle lui lance avec affec-
tion : « Ça va être dur de t'oublier. »

Et là, la magie opère, par cette simple phrase ; il
comprend à cet instant, allez savoir pourquoi, que sa
scène d'amour, il l'écrira telle qu'il l'a vécue, ou
presque, mais qu'il l'écrira grâce à toutes les citations,
grâce aux milliers de mots des autres qui ne quittent
jamais sa tête. Oui, entre eux une alliance miraculeuse
s'est formée, afin qu'un texte lui vienne naturellement
sans qu'il n'ait rien à contrôler. Il attrape des feuilles
blanches sur la table ; les mots s'alignent sur la page,
se donnent la main, les phrases des autres lui viennent
en file indienne… « *La chaleur était suffocante, une chaleur sombre, qui ne tombait pas du ciel en pluie de feu, mais
qui traînait à terre, ainsi qu'une exhalaison malsaine, et
dont la buée montait, pareil à un nuage chargé d'orage. Sa
réaction après un danger était toujours la même : une irrépressible envie de faire l'amour. Le cuivre du lit luisait
faiblement, comme une panoplie, dans l'obscurité. On n'a
pas un corps, on l'est au pluriel. Autant de positions, d'humeurs, de déplacements, de gestes, autant de nuits et de
jours. La jouissance qui la submergeait était un véritable
orage de grêle qui explosait étrangement au milieu d'une
journée d'août. Elle me congédia avec douceur et ne fit*

265

qu'un instant une tache plus sombre dans la nuit. Je restais seul, sans connaître le vrai de cette histoire sans intrigue, où tout est pour moi dramatique comme la fuite inquiétante de l'été... »

Évidence inouïe, tout se met en place : Marc tient sa scène, et sans aucune ellipse, il tient même tout son livre : composé uniquement de citations. Personne n'a fait ça avant lui. Olivier, son éditeur, le suivra ; quel amateur de littérature pourrait résister à ceci ?

— Un dernier bain à la piscine ? lui propose Hortense.

L'acte d'écrire est toujours un one-night stand, pensa Marc qui avait appris ce mot en écoutant la gentille Oona. Mais lui, allait-il sombrer dans le regret ? Alors qu'il nageait près du bord, les vaguelettes turquoise diffusées par les mouvements de *papillon* d'Hortense caressaient sa bouche. Quelle nage pleine de mystère ! Ces fesses rebondies, ces épaules qui surgissaient de l'eau comme l'aiguille d'un métronome, il les avait tenues entre ses mains. Il préféra s'arrêter pour contempler la nageuse et posa ses bras sur le rebord. *Non*, se dit-il, *je ne passerai pas le restant de ma vie à regretter cette nuit de conte de fées. Mon ange de beauté, ma muse, m'a tout donné.* La créature divine sortit de l'eau et marcha vers sa serviette en lui expliquant que le minibus partait dans une demi-heure, et qu'elle devait s'asseoir sur sa valise pour la fermer. Sa trace de pied sur le ponton en bois qui entourait la piscine s'effaçait sous l'effet du soleil. Juste avant qu'elle ne disparaisse, Marc l'embrassa. « *L'amour est un des moyens privilégiés que choisit la souffrance* » : il ferait mentir cette phrase de Proust ; de tout ça, il ne garderait que du bonheur, comme Hortense sans doute, qui était née pour être heureuse. Ils devaient rester au diapason. Dans quelques jours, il arpenterait les îles Ioniennes, renouant avec ses longs étés en Grèce qui s'étiraient jusqu'à la rentrée universitaire. Il dormait chez l'habitant, libre et marchant des heures sur des rivages tantôt foisonnants, tantôt pelés, éprouvant sur ces terres l'impression, à chaque fois, de rentrer un peu chez lui. Un autre livre sortirait, un essai de critique littéraire, sûrement – il était fait pour ça, pour l'incandescence des textes – et peut-être un roman, s'il menait au bout son livre fait de citations. Et puis, qui sait, la vie était bien faite : il accumulerait d'autres émotions, des sensations nouvelles pour lui. Il voyagerait. Il songea à cette phrase sur Mme Récamier, le dernier amour de Chateaubriand : « *Elle était véritablement magicienne à convertir insensiblement l'amour en amitié, en laissant à celle-ci toute la fleur, tout le parfum du premier sentiment. Elle aurait voulu tout arrêter en avril.* » On était bien loin d'Hortense, la passionnée, mais, par association d'idées, il vit en Séverine l'amie femme qu'il n'avait jamais connue, qu'il découvrait enfin. Cette sympathie n'allait pas s'interrompre.

267

Quand Marc arriva à la table de la salle à manger pour dire au revoir, il apprit par Rose le décès de Pierre. Il resta muet plusieurs minutes, éprouva le besoin de s'asseoir, puis déclara simplement, les larmes aux yeux :

— Nous avions en commun la passion de la littérature, des passions différentes, mais pour le même objet.

Il essuya ses larmes avec son mouchoir en tissu. Rodolphe, Rose, Oona étaient là, ainsi que l'éditeur Emmanuel Deschamps, épuisé. Hébergé dans l'arrière-cuisine, le bruit du vent dans le rideau de perles l'avait inquiété toute la nuit. Oona regardait fixement devant elle, prostrée :

— Je suis peut-être le plus beau porte-malheur du XXIe siècle.

— Chérie, tu dis n'importe quoi.

— J'ai tué un académicien. Ces mecs-là, ça meurt jamais d'habitude.

— Bon, ça suffit !

— Mais, à cause de moi, il a pris de la...

— Tais-toi !

— Pour une fois je suis d'accord avec votre père, Oona. Évitez les détails, tant qu'il n'y a pas d'autopsie. Pas vu, pas pris, ajouta Rose.

— Je rappelle ma psy.

Rodolphe souleva son sourcil droit ; il n'était pas du genre à se laisser embêter longtemps par les problèmes des autres. Excellente idée, la psy. Au bout de son jardin, sur la mer splendide, il venait de repérer un très joli bateau à moteur ancien. Ali était allé lui chercher les jumelles pour mieux voir. Il prononça tout haut le nom du bateau qu'il pouvait lire, *Camara*. Sublime. C'était ça, la vie : la mort et la beauté dansaient une valse ininterrompue. *Vraiment splendide, cette cheminée... et quelle ligne de profil!* pensa Rodolphe, alors que le vent tournait... *et pourtant un cul bien rond.* Par association d'idées, il se dit qu'après une matinée d'ennuis, il irait retrouver Nadège. Elle aurait bien dormi et elle était du matin.

Marie-Liesse interrompit ses délicates pensées pour annoncer, tout en essuyant de grosses larmes :

— Monsieur, il y a uneu Rolls deep seychelleu blue, uneu décapotable immatriculée à Monaco. Je l'ai laissée entrer.

— Une Rolls? Vous avez bien fait!

— J'ai aperçu deux messieurs moustachus dedans, tout comme des gens du pétrole. Ils sont très bien habillés. Ils veulent voir Monsieur.

Sa ligne d'actions Total Énergies traversa l'esprit de Rodolphe ; elles allaient remonter un jour, n'en déplaise aux ayatollahs verts.

— Monsieur Berjac, nous venons chercher les affaires de Lady Voynet, lui dit une voix d'Oriental.

— Quelles affaires ? De quoi vous parlez ? Nadège est dans sa chambre...

— Non, Madame est déjà sur *Camara*.

— Bien fait, lança Oona en aparté à Marc. Quelle femme voudrait être la fiancée du père Goriot ? Ce qui lui arrive avec Nadège, c'est bien fait.

— C'est amusant, lui répondit Marc, ce « *bien fait* » : vous savez que c'est la phrase de Chateaubriand, peu avant sa mort, lorsqu'il apprend la chute de Louis-Philippe ?

— Il y en a marre de la littérature, marre des écrivains ! hurla Rodolphe. Qu'est-ce qu'ils connaissent de la vraie vie, tous ces gens qui s'imaginent pouvoir l'inventer sur du papier ? ! Ils parlent d'amour à longueur de lignes et ne connaissent rien à l'amour. Rien. Que des baiseurs pires que les autres, avec des apparences d'hypersensibles : zéro sentiment !

— Les artistes appartiennent à une autre sphère morale, conclut Rose en enfermant une guêpe dans son verre vide.

Hortense venait dire au revoir, tirant sa valise sur la pelouse intégralement jaune grâce aux sabotages par petits pas de Jean-Michel. Elle croisa Marie-Liesse en pleurs et s'arrêta pour la prendre dans ses bras.

— Mon pensionnaireu préféré, si gentil, si gourmant, c'est uneu bibliothèque qui brûle ; et moi j'ai déjà eu la discothèque, avec M. Eddy.

Elle pleura de plus belle tandis que l'Anglaise s'était levée d'un bond et se dirigeait vers elles, un papier avec ses coordonnées à la main. Elle partait dans une heure prendre l'avion à Nice avec Séverine. Elle allait à Londres, Séverine à Copenhague pour son bébé. Sur la terrasse, on entendit juste Hortense lui dire en riant, tout en mettant le papier dans son sac : « *Brittany rules the waves.* »

Quittant la terrasse, Rodolphe, furieux, heurta le bras d'Ali qui tenait le téléphone de la maison à la main :

— *It's* monsieur le maire. Deuxième fois *a propos* l'académichien mort à la plage. Pas content du tout. En grande colère.

Rodolphe prit l'appareil et un air grave, et tenta d'amadouer l'élu local par la perspective de funérailles grandioses aux Invalides :

— Vous irez, n'est-ce pas ? Pierre vous estimait beaucoup.

— Écoutez, on n'en est pas là. Ce que je vois, c'est que ce drame va une fois de plus nuire à l'image de Saint-Tropez. C'était quoi encore ? Une orgie qui a mal tourné ? Vous savez qu'en tant qu'autorité de police, je peux demander une autopsie...

— Pierre Doriant avait des problèmes cardiaques ; c'est très triste qu'un petit bain de mer entre amis...

— Ben voyons ! Et puis, dites-moi, les policiers, de

la plage, ils ont vu pleins de bungalows illégaux chez vous. Qu'est-ce que c'est que ça? J'espère que vous allez nous les enlever vite fait.

— Mais?!... Bien entendu, M. le maire: c'était éphémère, pour loger les talents littéraires.

Après avoir raccroché, Rodolphe se dirigea de sa démarche calme et silencieuse vers la chambre de Pierre. Les persiennes étaient restées entrouvertes. Il souleva le loquet et tira vers lui un des volets pour entrer. Il vit le panama posé sur le lit, qu'il enleva aussitôt – assez de malheurs comme ça – les tongs en plastique violettes qu'il crut appartenir à sa fille; ce qui lui rappela que Pierre Doriant, après avoir eu Nadège, avait profité de son hospitalité pour séduire sa fille et lui causer beaucoup d'ennuis. Mais il n'était pas là pour se recueillir sur les effets personnels de l'académicien ou constater son peu de principes. Il s'empara de son ordinateur et sortit. Ali, le génie de l'informatique, saurait récupérer le manuscrit encore secret: désormais, il serait le sien.

33

Épilogue

> « Les fleurs tombent
> Il ferme la grande porte du temple
> Et s'en va. »
>
> MATSUO BASHÔ.

Rodolphe eut du mal à trouver un éditeur pour son manuscrit. Soit c'était le sujet, « une histoire d'amour de Chateaubriand : vieillot » ; soit c'était l'écriture, « trop classique » ; soit c'était les deux. Finalement, un soir de décembre, Emmanuel Deschamps, qui venait de monter sa propre maison d'édition tout en étant inscrit à Pôle Emploi, proposa à Rodolphe une sortie en mars 2020, un peu comme un coup pour voir : rien n'était paru depuis longtemps autour de Chateaubriand, et sa passion pour Natalie était bien vue. *La lame de fond conservatrice qui traversait la France pouvait être propice*, pensait-il, *à un regain d'intérêt pour Chateaubriand, et même à l'écriture classique de Rodolphe.* Dès qu'il entendit : « Je vais vous publier, c'est un premier roman prometteur », prononcé avec assurance par Deschamps au premier étage du Café de Flore, le vrai-faux jeune auteur retrouva tout son orgueil et oublia les dizaines de lettres de refus qu'il avait reçues comme des claques.

Depuis longtemps il avait également oublié que ce récit n'était pas le sien, et sa dédicace, « *À mon ami Pierre Doriant* », l'avait beaucoup aidé.

— Emmanuel, vous ne me publiez pas pour la rentrée littéraire de septembre ?

— Pas tout de suite. Mars, c'est bien, vous savez.

— Entre nous, vous pouvez me le dire : si j'étais de l'Académie française, vous ne traiteriez pas mon livre comme ça, n'est-ce pas ? Ce n'est pas vraiment : « Qu'importe le flacon pourvu qu'on ait l'ivresse » ; il n'y a que les étiquettes qui comptent !

— Pourquoi me dites-vous cela ?

— Comme ça.

Rodolphe avait envie de crier : « Mais c'est Pierre Doriant qui l'a écrit, une star ! Il est mort et je le lui ai piqué ! »

Il se contenta de verser son petit pot de café dans sa tasse en sachant qu'il ne dormirait pas cette nuit.

Puis il insista encore – c'était plus fort que lui. Emmanuel finit par lui dire, s'étonnant lui-même :

— Écoutez, Rodolphe ; un jeune auteur de soixante-quatre ans qui, tout à coup, se penche sur Chateaubriand, ça n'intéresse personne ! Même s'il est le roi du pétrole ou des *hedge funds*. Alors, considérez votre sortie en mars 2020, comme un miracle.

Pendant ce temps, un autre miracle s'accomplissait – de l'amitié –, au rythme de mots comptant triple, à la nuit tombée. Quand il ne jouait pas au Scrabble avec elle, Marc écrivait son essai à quatre mains avec Séverine, *Le Corps de l'inconnue : Recension des inconnues croisées dans les « Mémoires d'outre-tombe »*, et il observait, fasciné, le ventre de sa collaboratrice grossir à vue d'œil. Était-ce sa mémoire qu'il voyait là ? Il en avait envie.

Au printemps 2020, Rodolphe se confina à Paris afin d'assurer la promotion de son roman. Ni le vert tendre des platanes, boulevard Saint-Germain, ni les odeurs végétales qui avaient pris possession de Paris ne le consolèrent. À travers le rideau de fer de *L'Écume des pages*, fermée par décret comme toutes les librairies, il chercha son livre simplement intitulé *Natalie*. La librairie plongée dans une semi-obscurité, était trop grande ; il ne vit rien. Bientôt, il consacra son heure de marche autorisée à déambuler de librairie fermée en librairie fermée, et à regarder à travers leurs vitrines pour tenter de l'apercevoir. Rodolphe les découvrait une à une, comme un cortège offert à son livre. Finalement, rue Le Verrier, un après-midi, après

275

avoir senti le jasmin d'une terrasse, il vit *Natalie* à travers la vitre de la porte d'une petite librairie, posé à côté d'un livre dont il ne lut que le titre sibyllin : *J'ai tant vu le soleil.* Côte à côte, ils semblaient dormir, comme on dort dans *La Belle au bois dormant.*

*
**

Oona invita tous les résidents de l'été 2019 à se confiner au mas Horatia. Pour ceux qui le voudraient, on pourrait raconter ensemble l'été 2019, et le livre serait dédié à Pierre, bien sûr.

Marc, Séverine enceinte, Nadège et Atala dans un panier, arrivèrent à Saint-Tropez, le 14 mars. « Et Ladirose ? » demanda Marie-Liesse, inquiète.

— Désolée de ne pas venir, avait répondu Rose à Oona. Nos caquètements de transat vont me manquer.

Sir Randolph, son frère, était mort de la Covid. À l'issue d'une messe où tout le monde avait chanté faux, Alastair, sixième comte de Woolventry et neveu chéri de Rose, l'avait invitée à s'installer à Woolventry, ajoutant – à l'anglaise, donc :

— Désormais, ce serait appréciable que nous ne nous quittions plus.

— Vu le faible nombre de salles de bains, cela pourrait bien arriver.

Et Hortense ? On a oublié Hortense ? Pas du tout. Il y a toujours un ou plusieurs points aveugles dans une narration, qui sont aussi des points de départ. Hortense ne se confina pas au mas Horatia, car elle partageait désormais la vie de Rose au Royaume-Uni. Mais toutes deux furent ravies de participer à l'écriture de ce roman français, et, au moins autant, à des apéritifs en zoom. L'autrice anglaise insista pour que cela se termine comme chez la comtesse de Ségur : que le destin de personne ne soit oublié, et qu'à la fin les méchants soient punis et les gentils récompensés. « Et n'oubliez pas, ajouta-t-elle en brandissant son verre de Vertical, un cadeau de sa *French frog* préférée, la vie est un roman, mais l'inverse est vrai aussi. *Happy days !* »

Elle ne croyait pas si bien dire.

— Péridurale, mot compte triple, annonça Marc à Séverine le 10 mai 2020 à 18 h 37.

— L'heureux événement se précipite ! s'écria Séverine

Les deux universitaires posèrent leurs lettres en panique et quittèrent les mûriers platanes en courant. Seule Atala garda son sang-froid et, se souvenant de l'amitié portée par Pharaon aux félins d'Égypte, elle prit son poste de garde impérial devant le couffin du futur bébé. Marc emmena Séverine à la maternité de Gassin et ne la quitta plus, une charlotte en papier sur la tête. Avant de s'endormir pour la césarienne, elle lui proposa, puisqu'ils s'entendaient si bien, d'être coparents du bébé qui pour le moment refusait de naître. Il en avait rêvé souvent depuis l'été. Il lui gardait ses lunettes : sans elles, Séverine ressemblait à une Vénus de Cranach.

« *Exit ghost* », songea Marc Ménard en présence du ravissant bébé à moitié danois qu'on lui apporta ; et, pour la première fois, il ne fit aucun lien entre ces mots et un texte déjà lu, déjà entendu. Sa vie, désormais, s'écrivait au présent.

Deux jours plus tard, la dame de l'état civil entra dans la chambre. Séverine devait aller suivre un cours sur poupon en celluloïd ; elle laissa Marc faire la déclaration :
— Gesril, François, Marie Ménard-Baluze.
— On va recommencer, plus lentement. Gérald ?...
— Non, Gesril : G. E. S. R. I. L. La belle amitié de l'écrivain Chateaubriand, celle des promesses.
— C'est magnifique. Félicitations !

Oona vint en reine mage voir Gesril. Elle était entrée dans l'ère du cosmocène :
— Je suis dans le *give back* pour la planète ; j'éduque 40 000 *followers* sur Instagram. On est au-delà de

l'urgence climatique. J'ai arrêté toute blague sur Greta Thunberg ; je la rencontre dans un mois, annonça-t-elle. Mon Jean-Michel s'est mis aux croquettes de protéines d'insectes. Il adore ça. Adieu le chateaubriand saignant !

Elle avait aussi planté des pins parasols à l'emplacement des bungalows détruits. Leurs racines peu profondes l'inquiétaient.

Le teckel Jean-Michel déterra un gros objet plat et lourd au fond du jardin, et le poussa du museau jusqu'à la chaise longue de sa maîtresse. Cela lui prit tout l'après-midi. C'était un ordinateur ; on parvint à le faire redémarrer. Oona se rendit compte qu'il avait appartenu à Pierre Doriant ; le manuscrit de son dernier roman était là, il l'attendait. Elle lut une page au hasard et reconnut les rayons obliques d'un soleil d'or au bord de la mer violette. Elle comprit ce qu'avait fait Rodolphe, puis referma ce qui serait désormais un souvenir de Pierre.

Quand elle sortit sur la terrasse, la mer avait pris le violet ecclésiastique que l'on voit sur certaines portes d'église à la peinture fanée.

Ce livre est un ouvrage de fiction et non un travail d'érudition. Comme certains personnages de ce roman, j'ai plaisir à reconnaître ma dette particulière à l'égard de quelques livres :

— Colloque de Cerisy, *Chateaubriand. Le tremblement du temps*, dirigé Jean-Claude Berchet et Philippe Berthier. Textes réunis et présentés par Jean-Claude Berchet (Presses universitaires du Mirail, 1994) ;
— Roland Barthes : Préface à Chateaubriand, *Vie de Rancé* (Union générale d'éditions 10/18, 1965) ;
— Jean d'Ormesson : *Mon dernier rêve sera pour vous* (Jean-Claude Lattès, 1982) ;
— André Maurois : *René ou la Vie de Chateaubriand* (Grasset, 1938) ;
— Jean Mourot : *Le Génie d'un style. Chateaubriand. Rythme et sonorité dans les « Mémoires d'outre-tombe »* (Librairie Armand Colin, 1960) ;

— Jean-Pierre Richard : *Paysage de Chateaubriand* (Éditions du Seuil, 1967).

Le colloque imaginaire sur Chateaubriand, dans ce roman, n'aurait pas été le même sans la conférence donnée au Collège de France à l'invitation du professeur Antoine Compagnon, dans le cadre de son cours *Fins de la littérature*, par Jean-Christophe Cavallin, le 14 janvier 2020, intitulée « Du feu style. Poétique du post-scriptum chez le dernier Chateaubriand ».

Enfin, je recommande la lecture ou la relecture, toutes affaires cessantes, des deux chefs-d'œuvre de Chateaubriand, *Vie de Rancé* et *Mémoires d'outre-tombe*.

Table

1. Le diable est dans le détail 11
2. Trente pour cent. 20
3. Pieds dans l'eau 25
4. Le départ 29
5. Carpe et lapin. 34
6. Tout est désordre 38
7. Bienvenue au mas Horatia 43
8. Sa plus belle histoire d'amour. 58
9. Un lourd secret. 66
10. Rendez-vous avec Chateaubriand 72
11. Irrésistible 80
12. Ce n'est rien. 87
13. L'oreille coupée. 101
14. Les posidonies. 109
15. Grâce à Philippe Sollers 123
16. Rude. 126
17. La mort du roman 131
18. Rouge 142

19. La mélancolie des ronds-points. 151

20. Bignonias 159

21. Découverte aux aromates 173

22. Le soleil du Kon Tiki 179

23. Pour être aimé 187

24. La visite de l'éditeur. 192

25. Colloque, acte Ier : Les amours multiples 208

26. Colloque, acte II : La restauration de l'amour. . . . 220

27. Prête à aimer. 231

28. La garde royale. 240

29. Les Caves du Roy. 244

30. L'âme au corps. 254

31. Paul et Virginie ? 259

32. Lendemains de fête. 264

33. Épilogue 273

*Achevé d'imprimer sur Roto-Page
par l'Imprimerie Floch à Mayenne
en avril 2022.
Numéro d'imprimeur : 100397.*

Imprimé en France.